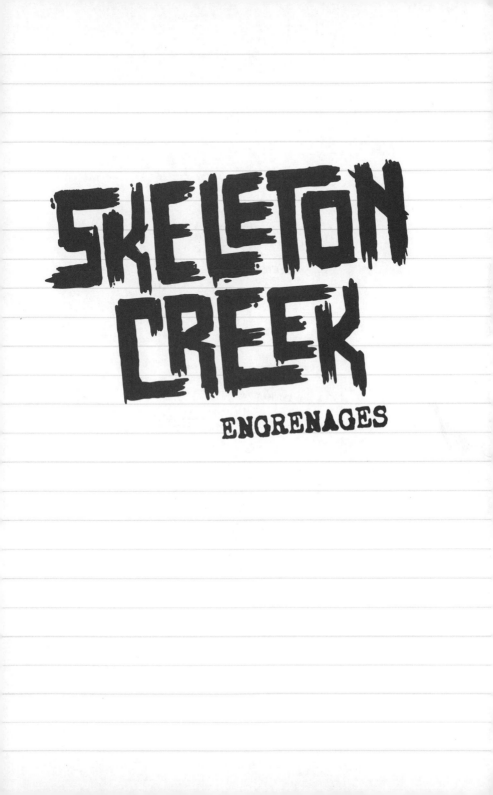

Design: Christopher Stengel
Illustrations: Joshua Pease
Ouvrage originellement publié
par Scholastic Inc. (New York - USA)
sous le titre *Ghost in the Machine - Ryan's Journal*
© 2009, Patrick Carman

© 2011, Bayard Éditions pour la traduction française
18, rue Barbès, 92128 Montrouge
ISBN: 978-2-7470-3363-3
Dépôt légal: Juin 2011
Première édition

PC STUDIO

PATRICK CARMAN

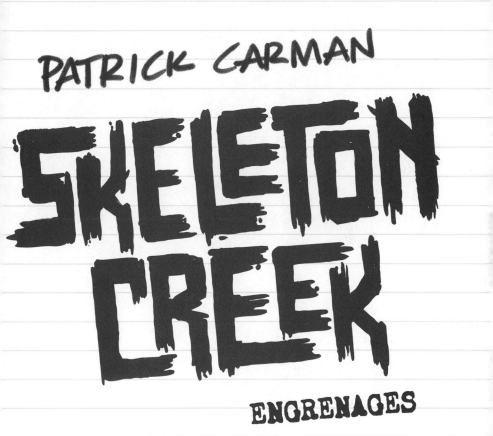

SKELETON CREEK

ENGRENAGES

Traduit de l'anglais (US)
par Marie-Hélène Delval

bayard jeunesse

sarahfincher.fr
Mot de passe :
LEONARDSHELBY

Je n'arrête pas d'y penser

Dimanche 19 septembre, dans la nuit

Est-ce bien moi qui fais ça ?
Pourquoi met-elle tant de temps ?
Il fait froid, là-dedans.
Je ne pourrai pas redescendre par là.
L'oiseau gravé dans le bois. Pourquoi ?

Attention. Vous êtes prévenus.
Vous touchez à ce cryptex à vos risques et périls.
Votre curiosité peut déclencher une explosion.

Ce bruit, de nouveau. Des pas ?
Non, autre chose.
Le visage terrifié de Sarah.
Je n'ai pas pu le voir. Je l'ai seulement senti.

Ne m'oblige pas à venir te chercher.

Francis Palmer. Jordan Hooke. Wilson Boyle.
Hector Newton. Joseph Bush. Papa.
Gladys. L'Apôtre. Dr Watts.

Dimanche 19 septembre, 7h20

Comment ai-je regagné ma chambre ?

La dernière chose dont je me souviens clairement, c'est que j'étais en haut des escaliers, dans la drague, et que je regardais vers le bas. Après, tout est flou.

Voir mon propre sang séché sur le vieux plancher m'a fait un choc. C'est ça, j'étais sous le choc. Mon cerveau a refusé l'information. Je n'étais plus qu'une sorte de zombie.

Sur la vidéo, j'ai l'air d'un zombie.

Entre mes notes prises sur la drague et les images de la vidéo, je devrais pouvoir remettre les choses en place.

Un journal tout neuf. Une mémoire toute neuve.

Je suis content de repartir sur un carnet blanc, comme si la vie m'autorisait à tout reprendre à zéro. Ça va marcher, c'est sûr.

Je me revois remontant la ruelle, et Sarah était là, debout dans la lumière des phares. Sa caméra tournait. Je n'ai compris à quel point elle m'avait manqué qu'à l'instant où je me suis élancé vers elle, titubant comme un idiot entre mes béquilles. J'avais à peine la force de la serrer dans mes bras.

Je me rappelle être monté dans sa voiture, nerveux à en avoir la nausée. Sarah craignait que Bonner fasse une ronde, repère sa voiture et nous suive au beau milieu de la nuit. Elle s'est donc garée à bonne distance du sentier. Notre longue marche jusqu'à la drague m'a paru d'autant plus interminable. Traverser les bois en traînant une jambe plâtrée n'est pas une promenade de santé, croyez-moi ! J'ai eu tout le temps de prendre conscience que nous faisions une grave erreur.

Voilà pourquoi j'ai gribouillé « Est-ce bien moi qui fais ça ? » sur le morceau de papier que j'avais sur moi. (Pour des raisons évidentes, je n'ai pas voulu emporter mon précédent journal, craignant de le perdre ou – pire – que quelqu'un s'en empare.)

Et les mots suivants : « Pourquoi met-elle tant de temps ? » Ceux-là aussi, je m'en souviens. Nous avions enfin atteint la drague, et Sarah m'a laissé seul avec la caméra. J'ai filmé chacune des fenêtres en attendant qu'elle aille couper le cadenas de la porte. J'avais peur d'apercevoir le fantôme derrière les carreaux ; pourtant, je ne pouvais pas m'empêcher de guetter son apparition. Puis Sarah est revenue me chercher.

L'instant d'après, nous étions dans la drague.

« Il fait froid, là-dedans. »

Je me souviens m'être senti frigorifié. Septembre à Skeleton Creek est précédé par un long été qui vous abrutit de chaleur. Puis, BANG ! les nuits glaciales surgissent d'un coup, comme une porte qu'on vous claque au nez.

Donc, il faisait froid à l'intérieur de la drague, d'où les légers tremblements dans la voix de Sarah. Elle n'avait pas peur, elle avait froid.

« Je ne pourrai pas redescendre par là. »

C'est à cet instant que j'ai eu un choc, j'en suis sûr. Je n'ai rien dit, mais, arrivé en haut des marches, j'ai su que je serais incapable de redescendre. Dans les films de Hitchcock, les escaliers sont toujours un mauvais présage, le prélude à une sinistre découverte. De plus, c'est là que j'ai eu mon accident et que j'ai failli me tuer. Pour moi, c'était clair : ou je passerais par un autre chemin ou je mourrais sur place. J'avais la respiration coupée, l'impression que mes poumons étaient privés d'oxygène. J'ai vécu ce qui a suivi dans une sorte de brouillard, avant de me réveiller dans mon lit.

Je n'arrive toujours pas à croire ce que montre la vidéo. Ma silhouette de zombie pénètre je ne sais comment dans la pièce secrète. Ces images me rappellent aussi autre chose. J'ai vu le motif de l'oiseau gravé dans le bois. Je me souviens m'être penché instinctivement au-dessus des engrenages pour regarder en bas. Le sentiment d'avoir déjà vécu cet instant est comme congelé quelque part au fond de ma mémoire. Je n'arrive pas à briser la glace, mais c'est là.

Qu'est-ce qui m'a ramené à la réalité ? Sans doute le geste de Sarah pour faire tourner les anneaux du cryptex au moment où je lisais l'avertissement annonçant un risque d'explosion. Ça m'a fait à peu près le même effet que si elle avait eu entre les mains un bâton de dynamite avec la mèche allumée.

— N'y touche pas !

C'est ce que j'ai crié. Ou plutôt, j'ai cru l'avoir crié. Car, d'après la vidéo, ces mots ne sont pas sortis de ma bouche. Ne pas pouvoir me fier à mes souvenirs, c'est insupportable ! Comme la nuit où je suis tombé, tous les détails se perdent dans la grisaille. Je ne me rappelle plus dans quel ordre les choses se sont déroulées ni même si elles ont vraiment eu lieu. Ce qui m'a le plus effrayé, en regardant le film, c'est que je ne savais toujours pas à l'avance ce qui allait arriver.

« Ce bruit, de nouveau. »

Bon, ça, je m'en souviens parfaitement. J'ai déjà relu ces mots, sur mon morceau de papier, quatre ou cinq fois et, à chaque fois, le bruit a résonné dans ma tête. « Ce bruit de nouveau, ce bruit de nouveau, ce bruit de nouveau... » Je ne peux pas le décrire, mais je l'ai entendu au moins à deux reprises en regardant la vidéo : quand nous étions dans la ruelle et quand j'ai vu l'oiseau gravé. Il faut que je réécoute la bande, car je suis incapable de dire s'il y est vraiment enregistré ou non. J'ai l'impression que, lorsque je vois certaines choses — le fantôme, l'oiseau —, j'entends le bruit. N'existe-t-il que dans mon imagination ? Certains signaux visuels se transforment-ils dans mon cerveau en signal sonore ? Ou bien est-ce un bruit réel ?

J'ai griffonné les noms. Tous. Mais quand ? C'est ça, le plus étrange : je ne m'en souviens pas. Ce n'est pas rien de mémoriser autant de noms. Pourtant, je ne pense pas les avoir notés sur place. Croyez-le ou non, j'ai dû les écrire dans le noir, en dormant. Quand j'étais petit, ça m'arrivait tout le temps. À l'âge de cinq ou six ans, je découvrais, au matin, que j'avais dessiné sur le mur avec mes crayons de couleur pendant la nuit.

— Pourquoi tu as fait ça ? me questionnait papa.

— Ce n'est pas moi, je dormais.

— Tu sais bien qu'il est interdit de gribouiller sur les murs ! reprenait-il d'une voix sévère.

— Ce n'est pas moi, je te dis !

— Si ce n'est pas toi, c'est qui ?

J'étais alors capable de me lancer dans un véritable interrogatoire, de leur demander s'ils avaient bien verrouillé les portes la veille au soir, et fermé les fenêtres, et vérifié s'il n'y avait personne sous les lits, ni dans la cuvette des toilettes, ni... Mon père finissait par m'interrompre d'un « Que je ne t'y reprenne plus ! ». Sinon j'aurais continué indéfiniment, il le savait.

Lorsqu'il s'adresse à moi, me semble-t-il, c'est soit pour m'interdire quelque chose, soit pour me faire des reproches. J'ai fini par l'accepter, ce qui, il faut l'avouer, est plutôt déprimant. Au moins, il ne hausse jamais le ton.

Bref, je suppose que ma manie d'écrire en dormant — comme d'autres marchent en dormant — m'a repris cette nuit. Car je suis certain de ne pas l'avoir fait consciemment. En examinant ces noms griffonnés sur mon morceau de papier, je me pose la même question que me posait mon père :

— Pourquoi tu as fait ça ?

Francis Palmer. Jordan Hooke. Wilson Boyle. Dr Watts. Qui sont ces gens ? Et Hector Newton ? Et l'Apôtre ? Je n'ai jamais entendu parler d'eux. Pourquoi leurs noms sont-ils gravés sur une pierre, à l'intérieur d'une pièce secrète, au cœur de la drague ?

Et pourquoi le nom de mon père est-il inscrit à côté de celui de Joe Bush ? Et de celui de notre bibliothécaire ?

« Le visage terrifié de Sarah.

Je n'ai pas pu le voir. Je l'ai seulement senti. »

Je suis content de ne pas avoir vu de mes yeux le vieux Joe Bush, quand nous étions coincés dans la pièce secrète. Par chance, j'étais face au mur, je lui tournais le dos et j'étais incapable de bouger. Son apparition sur la vidéo est déjà suffisamment traumatisante.

Plus tard, dans la voiture — j'ai un vague souvenir de cette conversation —, Sarah m'a avoué qu'elle avait eu la peur de sa vie. Elle était piégée, et cette horrible créature, là, dehors, voulait sa mort. Elle m'a dit que le spectre avait humé l'air — ce que je n'ai pas remarqué sur la vidéo — avant de pencher vers elle sa face blême. Elle avait voulu crier, mais elle était restée muette d'épouvante.

Quelque chose d'autre me revient en mémoire, à présent, un détail effrayant : à cet instant, j'ai eu atrocement froid, comme si un énorme morceau de glace s'approchait de nous.

Pourtant, je ne me suis pas retourné. Je n'ai rien vu de tout ça avant de regarder la vidéo, il y a quelques instants. Et j'aurais préféré ne jamais la regarder.

Ensuite, c'est le trou noir. Je ne me rappelle pas être sorti de la pièce secrète ni avoir rejoint les escaliers et déclaré à voix haute que je ne pourrais pas redescendre par là. Je ne me souviens pas avoir traversé des parties de la drague où nous ne nous étions jamais aventurés, ni m'être blotti dans un coin. Et j'ignore totalement comment j'ai réussi à clopiner jusqu'à la sortie.

Il y a enfin le message barbouillé sur la porte.

« Ne m'oblige pas à venir te chercher. »

Il signifie clairement : « Ne parle ni aux flics ni à tes parents ; ne raconte rien, à personne en ville, et surtout ne remets jamais les pieds ici. »

Ce message, je m'en souviens très bien. Plus que de n'importe quoi d'autre, cette dernière nuit. Pour la plus effroyable des raisons. Je m'en souviens parce que, quand j'ai ouvert les yeux ce matin, j'ai lu ces mêmes mots tracés sur le mur au-dessus de mon lit.

C'est très perturbant de découvrir qu'on a fait des choses en dormant.

C'est encore plus perturbant de penser qu'on ne les a peut-être pas faites.

Cette phrase, quelqu'un d'autre a pu l'écrire sur le mur de ma chambre. Mon père, par exemple. Ou Daryl Bonner.

À moins que le fantôme de Joe Bush ne m'ait suivi jusque chez moi pour s'assurer que j'ai bien compris l'avertissement.

Dimanche 19 septembre, 8 h 30

J'ai passé vingt minutes à frotter l'inscription avec un chiffon mouillé. L'encre est plus difficile à effacer que le crayon de couleur. Et, avec ma jambe dans le plâtre, tenir en équilibre sur mon lit sans dégringoler est un vrai tour de force.

Bizarrement, les mots « Ne » et « pas » étaient plus foncés que les autres. De toute façon, après vingt minutes d'effort, je n'ai obtenu qu'un piètre résultat. Ce qu'il me faudrait, c'est du papier de verre et un pot de peinture.

J'ai changé mon poster « Dark Side of the Moon » de place pour cacher le message. Je ne sais pas pourquoi j'ai gardé ce poster ; depuis que je suis au lycée, je n'écoute plus les Pink Floyd.

Maman est entrée quelques instants plus tard et l'a examiné :

– Pourquoi tu as bougé ton poster ?

J'ai haussé les épaules, espérant qu'elle ne remarquerait pas que je l'avais scotché de travers. Elle aurait pu essayer de le remettre droit.

— J'aimais beaucoup ce groupe quand j'avais ton âge, a-t-elle ajouté.

Elle me l'avait déjà dit une bonne centaine de fois. Je me suis hâté de changer de sujet :

— Je vais rester encore un peu au lit. J'ai mal dormi.

Maman semblait perdue dans ses souvenirs. Finalement, elle a reporté son attention sur moi :

— Ton père aimerait que tu sortes de ta chambre et que tu t'actives un peu. Tu retournes au lycée la semaine prochaine, souviens-toi ! Il faut que tu t'entraînes à marcher avec tes béquilles.

Si elle savait ce que j'ai fait avec mes béquilles pendant la nuit ! Je lui ai adressé un regard de mourant, ce qui n'était pas difficile, parce que je suis exténué.

Elle a soupiré :

— Je te laisse une demi-heure avant de descendre pour le petit déjeuner.

Au moment de sortir, elle a jeté un dernier coup d'œil au poster :

— Il est de travers.

J'ai cligné des paupières, comme si j'étais sur le point de m'endormir.

Dès que la porte a été refermée, et que le bruit de ses pas s'est éloigné dans l'escalier, j'ai attrapé mon téléphone portable, caché sous mon oreiller. J'avais un message : le nom du héros d'un de mes livres préférés. Sarah pense-t-elle que je perds la boule, comme Jack Torrance dans son hôtel désert ? Je voudrais me souvenir de tout ce qui s'est passé au cours des dernières heures, mais je n'y arrive pas. Alors, je suis peut-être bien en train de devenir fou. Sauf que les fous ne savent pas qu'ils sont fous.

J'ai supprimé le texto avec le mot de passe, clopiné jusqu'à mon bureau et je me suis connecté au site Internet de Sarah.

sarahfincher.fr
Mot de passe :
JACKTORRANCE

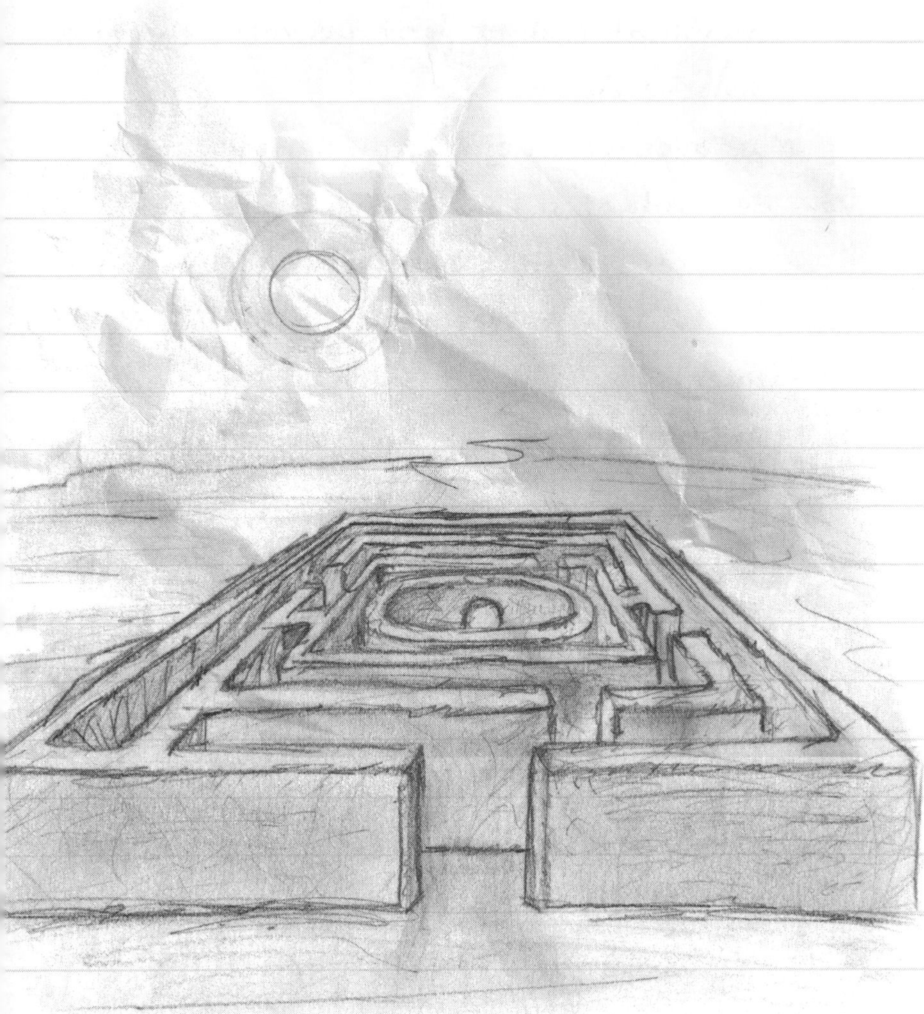

Dimanche 19 septembre, 11h00

Je n'ai pas pu me rendormir après avoir regardé la nouvelle vidéo de Sarah. En plus, j'avais faim. Il est difficile de résister à une odeur d'œufs au bacon montant de la cuisine et se faufilant sous la porte de votre chambre un dimanche matin.

Mais avez-vous déjà mordu dans un toast en vous demandant si vous pouviez faire confiance à vos propres parents? Moi oui.

J'ai avalé une gorgée de café avant de demander:

— Où est Henry?

— À la pêche, a dit papa.

Sans quitter son journal des yeux, il a ajouté:

— Tu retournes au lycée, la semaine prochaine.

— Oui.

— Ne prends pas ça pour une autorisation à revoir Sarah Fincher, c'est clair?

Je n'ai pas répondu. Je communique avec Sarah presque tous les jours à l'insu de mes parents. Obtenir leur autorisation est le cadet de mes soucis.

— Il le sait, Paul, est intervenue maman. Lis ton journal et laisse ton fils déjeuner en paix.

— Ça va, ça va. Mais on est bien d'accord, Ryan? Aucune excuse pour ne pas reprendre les cours. Et aucun contact avec Sarah Fincher.

Ils rejettent la responsabilité de mon accident sur Sarah. Selon eux, elle ne m'apporte que des ennuis. Sur le premier point, ils ont tort. Sur le second, ça reste à voir.

Après le petit déjeuner, je suis remonté dans ma chambre. Papa voulait que j'aille prendre l'air, mais maman ne supporte pas qu'il me harcèle, et il n'a pas insisté.

J'ai quelques heures de tranquillité devant moi, au moins jusqu'au retour d'Henry. Que voudra-t-il faire, alors? Jouer aux cartes ou bavarder? Le meilleur ami de mon père, qui passe chaque année ses vacances chez nous, travaillait autrefois sur la drague. J'ai bien l'intention de l'interroger, même s'il n'aime pas parler de son passé.

Mon père appartient à une société secrète. Son nom est gravé sur une plaque au fond de la drague, parmi une série d'autres noms. Il porte le symbole alchimique de l'or tatoué sur l'épaule et conserve un diagramme d'alchimiste au fond d'un tiroir.

Qu'est-ce que ça signifie?

Mes recherches porteront d'abord sur cette liste de noms. C'est mon meilleur indice. Je dois découvrir qui sont ces gens.

Certains d'entre eux sont sans doute encore en vie.

Comme Gladys Morgan, la bibliothécaire.

Comme mon père.

Dimanche 19 septembre, 14 h 00

À part une interruption pour le déjeuner, j'ai eu trois heures pour surfer sur Internet. J'ai travaillé sans musique, de sorte qu'au premier tintement de couteau sur le bord d'un pot de mayonnaise j'ai su que maman me préparait un sandwich. J'ai aussitôt effacé toutes les traces de mes recherches. Je suis devenu un virtuose de la suppression de preuves. À moins que mes parents me surveillent avec une caméra cachée, ils ne sauront jamais rien de mes activités.

J'ai pourtant failli vendre la mèche quand maman est montée. J'aimerais pouvoir me confier à elle. Mais papa est mêlé à je ne sais quoi de mystérieux. C'est sa femme, elle ne garderait pas ça pour elle, elle lui en parlerait. Et mon accident l'a déjà assez perturbée comme ça.

Après avoir déposé près de mon lit le plateau avec un sandwich et une canette de Coca, elle s'est plantée devant la fenêtre.

– Tu penses descendre bientôt ?

J'ai haussé les épaules.

— Henry est rentré?

— Non, ton père est allé le rejoindre. La pêche doit être bonne.

Après une seconde d'hésitation, j'ai demandé:

— Tu es déjà allée à la drague, maman?

Elle m'a adressé un regard d'effroi et d'impuissance, comme si je lui avais filé entre les doigts pour me jeter du haut d'une falaise.

— J'y suis allée, il y a des années. Pourquoi cette question?

Je l'ai sentie si nerveuse, si effrayée que j'ai fait machine arrière:

— Pour rien. La drague est là depuis très longtemps. Je pensais que tu l'avais peut-être visitée.

Elle a paru soulagée, et je me suis félicité de ne pas en avoir dit davantage. Maman aimerait avoir un fils normal, qui ne voie pas de fantôme, qui ne s'aventure pas dans un lieu interdit au milieu de la nuit. Un fils qui aille au lycée et ne se fourre pas sans cesse dans le pétrin. Difficile de lui en vouloir.

— Mange, a-t-elle dit.

Puis on a parlé d'autre chose (j'y reviendrai plus loin), et elle m'a laissé seul.

Hormis cette courte interruption, donc, j'ai consacré trois heures à mon travail de détective, et mes recherches ont été très productives.

J'ai d'abord relu les noms gravés dans la pièce secrète. Je vais les recopier et y ajouter celui de Daryl Bonner, parce que ce type ne me paraît pas net. À Sarah non plus. C'est ma liste de suspects. Suspects de quel crime ? Je l'ignore. Pour le moment.

Mais je suis sur le point d'obtenir des réponses à mes questions.

Voici dans quel ordre j'ai décidé d'enquêter :

Joseph Bush

Francis Palmer

Paul McCray

Gladys Morgan

L'Apôtre

Dr Watts

Jordan Hooke

Wilson Boyle

Hector Newton

Daryl Bonner

Commençons par le commencement : rayer Joseph Bush de la liste.

Il est mort.

J'ai repris mon vieux journal et je vais réécrire un passage qui date du 13 septembre pour mémoire :

« Notre découverte la plus intéressante — ou la pire, c'est selon — concernait la mort accidentelle d'un ouvrier, le vieux Joe Bush. Un seul numéro du journal le mentionnait. Le pantalon de Joe Bush s'était pris dans la chaîne, et la drague l'avait emporté, lui broyant la jambe. Puis elle l'avait recraché dans la mare bourbeuse. Le vacarme de la machine dans la nuit profonde avait couvert ses cris. Personne ne l'avait entendu.

Joe Bush n'est jamais remonté des eaux noires. »

Dès que je vois ou que je note ce nom, ma jambe me fait mal, et je repense à toutes les fois où j'ai vu et entendu le spectre de Joe Bush. Je l'ai entendu de mes propres oreilles traîner sa jambe brisée sur le vieux plancher de la drague. J'ai vu des images de lui — suis-je vraiment en train d'écrire ça? — derrière la fenêtre, penché à l'entrée de la pièce secrète et passant dans le champ de la caméra posée par terre. Je l'ai senti me toucher lorsque j'étais adossé au garde-fou, avant que je tombe d'assez haut pour que la chute puisse être mortelle.

L'essentiel, à présent, c'est que Joe Bush soit rayé de la liste.

Il n'est pas le seul ouvrier à s'être tué sur la drague.

J'ai cherché des informations sur Francis Palmer. Sans résultat, jusqu'à ce que je me souvienne des rapports de la New-Yorkaise Or et Argent. Il y avait des quantités de dossiers, dans lesquels j'avais sélectionné des passages intéressants. Ne pouvant les conserver sur mon ordinateur, je les avais enregistrés sur une clé USB que j'avais scotchée sous le tiroir de mon bureau. C'était une bonne idée, figurez-vous ! Car j'ai voulu me replonger là-dedans il y a une heure ou deux, et sur Internet, une grande partie des rapports avait disparu. Quelqu'un, quelque part, a classé ces vieux dossiers ou s'est aperçu qu'on les avait consultés. Ce quelqu'un a peut-être relevé mon adresse IP à Skeleton Creek et n'a sans doute pas apprécié que je fouine dans ces vieilles histoires. Ce n'est pas bon signe quand on cherche à dissimuler le passé. Si des gens détruisent des dossiers, c'est qu'ils craignent qu'on y trouve des choses qu'ils ne veulent pas voir dévoilées...

J'ai sorti ma clé USB, ouvert ces documents et, dans la fenêtre de la fonction « Rechercher », j'ai tapé « Francis Palmer ». J'ai obtenu en retour le rapport d'un conseil d'administration de la New-Yorkaise Or et Argent. J'y ai découvert que Francis Palmer, lui aussi, s'était tué à la drague.

NYOA Rap. cons. adm., paragraphe 9, page 25

L'élément 42 situé à Skeleton Creek, Oregon, a été le cadre d'un accident mortel le 08.09.63. C'est le deuxième accident de ce type en moins d'un mois, ce qui nous a conduits à procéder à une vérification de la sécurité sur les éléments 31 à 47. La victime, Francis Palmer, était depuis longtemps contrôleur de nuit. Son corps a été retrouvé dans l'eau, sous l'élément 42. Il s'agit apparemment d'une noyade accidentelle. Le service juridique préconise d'ajouter à l'élément 42 des rampes de sécurité et des barres de fenêtre. Approuvé. Le calcul des coûts entraînés par ces modifications est programmé. Les assurances prennent en charge la famille de Palmer.

Barrer Francis Palmer sur la liste.

Mort.

Joe Bush et lui faisaient partie de la société du Crâne. Tous deux ont perdu la vie sur la drague à moins d'un mois d'intervalle. Le visage de mon père est passé comme un éclair devant mes yeux, et j'ai eu un bref instant d'inquiétude. 2 sur 9 ont déjà été tués.

Viennent ensuite mon père et Gladys Morgan, la bibliothécaire. Ces deux-là, au moins, sont vivants. Je n'ai pas pu lancer une recherche sur mon propre père ; ça aurait été trop perturbant. Qui sait ce que je découvrirais sur Paul McCray ? Il est mêlé à tout ça, il a des secrets comme chacun des habitants de cette ville, il a toujours vécu ici, il possède un diagramme avec des symboles et de mystérieuses définitions, il porte un étrange tatouage, et il habite dans la même maison que moi.

Je me suis donc rabattu sur Gladys Morgan, sûr de découvrir qu'elle n'était qu'un ennuyeux moulin à paroles, ayant vécu une longue vie pleine de longues journées, de longues semaines et de longs mois dépourvus du moindre événement.

J'avais tort.

La première chose que j'ai apprise? Gladys Morgan prétend n'avoir jamais quitté Skeleton Creek; c'est faux. Elle est allée à New York. Comment je le sais? Parce que les articles du « New York Times » sont archivés sur le Net, et que Gladys Morgan est citée dans l'un d'eux. Oui! Notre Gladys Morgan! Dans le « New York Times »! Et voilà le plus intéressant: cet article est paru peu de temps après les accidents sur la drague.

En voici une partie:

MOUVEMENT DE PROTESTATION
POUR LA DÉFENSE DE L'ENVIRONNEMENT

En arrivant sur Park Avenue, ce matin, les membres du conseil d'administration de la New-Yorkaise Or et Argent ont trouvé une cinquantaine de manifestants venus de tous les États d'Amérique. La compagnie, qui possède des dizaines de dragues en activité dans des régions reculées de l'Alaska, de l'Oregon et du Montana, a fait l'objet, au cours des derniers mois, de violentes attaques pour son mépris de l'environnement dans de nombreuses petites villes de l'Ouest.

L'une des manifestantes, Gladys Morgan, a fait le voyage depuis l'Oregon. *« Ils nous doivent des explications, c'est aussi simple que ça »*, a-t-elle déclaré. Comme la plupart des participants, elle habite une petite ville au bord de laquelle une drague de la New-Yorkaise Or et Argent éventre la terre 24 heures par jour, 7 jours par semaine. *« Ils n'ont pas fini d'entendre parler de nous. Je suis venue le leur dire, que ça leur plaise ou non. »*

Jim Pearson, un meunier de Billings dans le Montana, qui a parcouru 3 000 miles avec son chien, Skipper, tient le même discours.

Qu'est-ce que Gladys faisait là-bas ?
Je comprends sa colère, mais avoir fait tout ce
chemin jusqu'à New York pour protester avec une
poignée d'autres culs-terreux ? Il devait y avoir
une autre raison. Et si elle s'était rendue là-
bas en tant que représentante de la société du
Crâne ? Deux de leurs membres étaient morts
en l'espace d'un mois... À moins que ce soit un
subterfuge. Elle a peut-être participé à la mani-
festation pour cacher le fait que son métier de
bibliothécaire n'était qu'une couverture : elle
travaillait depuis toujours pour la New-Yorkaise
Or et Argent. Elle a peut-être même tué les
deux hommes. Ce n'est pas impossible. Elle a la
trempe d'une meurtrière.

Un bon détective classerait Gladys Morgan
parmi les suspects.

Le suivant sur la liste, l'Apôtre, ne m'a mené
nulle part. Je n'ai rien trouvé de significatif,
aucun surnom de ce genre reliant qui que ce soit
à Skeleton Creek ou à la drague. Il me reste à

chercher du côté des églises. Avec un nom pareil, ça me paraît logique.

Dr Watts. Voilà quelqu'un d'intéressant. Étonnamment facile à repérer dans les archives de Skeleton Creek. J'étais sur cette piste quand j'ai compris, aux bruits venus d'en bas, que maman me préparait un sandwich. Voilà pourquoi, quand elle est montée, j'ai dirigé la conversation sur le Dr Watts. Elle avait sûrement entendu parler de lui.

Lorsque j'ai mentionné son nom, elle a grimacé :

— Ce vieux schnock ? Il avait des manières déplorables. Et il détestait les enfants. J'en sais quelque chose, j'ai été une de ses patientes.

— Il vit encore ?

— Oui, autant que je sache. Il a pris sa retraite il y a une vingtaine d'années, bien avant ta naissance. Il doit avoir dans les quatre-vingts ans, à présent. Il vit en reclus du côté de Main Street.

— Il ne sort pas ?

— Jamais! En tout cas, ça fait un bail que je ne l'ai pas croisé. Mary, qui travaille au supermarché, lui apporte ses provisions et s'occupe de son ménage. D'après elle, il se passionne pour l'alchimie. Tu sais ce que c'est?

J'ai secoué la tête, peu désireux de lui révéler l'état de mes connaissances sur ce sujet. Elle venait de me fournir une information capitale.

— En tout cas, ça n'a rien à voir avec la médecine. Ça porte sur la transformation des métaux. À mon avis, il perd un peu la boule.

Très intéressant. Le Dr Watts est vivant, ça en fait trois. Et, plus important encore, il s'occupe d'alchimie. Ce qui ramène au document trouvé dans le tiroir de papa.

Enfin, pour continuer avec le chiffre 3, les trois derniers noms de la liste vont ensemble. Voilà comment je l'ai découvert:

J'ai d'abord enquêté sur chacun séparément: Jordan Hooke, Wilson Boyle, Hector Newton. Ça ne m'a mené nulle part. J'ai recommencé en les regroupant. À ma grande surprise, les choses ont commencé à s'éclairer. Seuls les noms étaient à prendre en compte. J'ai alors compris que les prénoms étaient fictifs, placés là uniquement pour brouiller les pistes. Jordan, Wilson et Hector sont des leurres. Mais Hooke, Boyle et Newton? Ces noms-là, regroupés, sont incroyablement révélateurs.

Isaac Newton. J'avais entendu parler de lui, évidemment : la force de gravité, tout ça. Mais les deux autres — tous deux prénommés Robert — sont encore plus intéressants. Robert Hooke et Robert Boyle, des contemporains de Newton, avaient souvent travaillé à ses côtés (ou plutôt dans son ombre). Ces trois savants menaient une féroce compétition pour aboutir aux mêmes découvertes.

C'est là que les choses se clarifient : Boyle, en particulier, était fasciné par l'alchimie. Au fil de mes lectures, j'ai appris que l'alchimie est, du moins en partie, la science de la transmutation des métaux. Boyle — j'ai failli tomber de ma chaise en lisant ça! — était obsédé par les propriétés de l'un d'eux : l'or!

L'alchimie, l'or, la drague, la société du Crâne, le Dr Watts. Tout s'enchaîne. Ainsi que ce papier, dans le tiroir de mon père : « Diagramme de l'alchimiste 79 pour Paul McCray ».

Henry et papa ne vont pas tarder à rentrer. Je ferais bien de descendre m'asseoir sous le porche pour qu'ils ne se demandent pas ce que je fabrique dans ma chambre. Ce n'est pas le moment d'éveiller leurs soupçons.

Récapitulons :

~~Joseph Bush~~ : mort ;

~~Francis Palmer~~ : mort ;

Paul McCray : mon père, document sur l'alchimie ;

Gladys Morgan : voyage à New York ;

L'Apôtre : envoyer Sarah enquêter dans les églises ;

Dr Watts : passionné d'alchimie, reclus ;

~~Jordan Hooke~~ : inventé ;

~~Wilson Boyle~~ : inventé ;
~~Hector Newton~~ : inventé ;
Daryl Bonner : arrivée inopinée, s'en méfier !

En quelques heures de travail, j'ai raccourci de moitié la liste des suspects.
Pas mal.

Dimanche 19 septembre, 22h00

Mes parents veulent me voir le plus souvent possible hors de ma chambre, c'est clair. Et ils ont mis Henry sur le coup.

Il n'est vraiment que 10 heures du soir?

Je suis fatigué.

J'avais à peine mis un pied sous le porche qu'Henry et papa sont rentrés. Ils avaient bien pêché (en septembre, ça mord toujours), et ils ont passé une heure à discuter de tel type de mouche et de tel poisson qui avait sauté et de tel autre qui leur avait échappé. Ça m'a un peu évoqué les tournois de golf à la télévision : beaucoup de baratin et pas grand-chose à regarder.

Au milieu de ce flot ininterrompu de vantardises de pêcheurs, maman m'a appris que Randy et Dennis allaient venir pour une « BH party » avec leurs parents. Mauvaise nouvelle. Maman s'entête à organiser ces rencontres entre nous alors que ces types me paraissent à peu près aussi intéressants que deux petits tas de cailloux. On n'a absolument rien en commun ; ils sont bruyants et leur activité préférée consiste à se taper dessus. Non qu'ils soient vraiment méchants, mais je n'ai pas la plus petite envie de passer mon dimanche soir à les écouter discuter jeux vidéo, VTT et concours de pets.

Ils sont venus, malgré tout, parce que je ne pouvais pas demander à maman d'annuler et que, en vérité, je suis en mesure de les supporter pour avoir droit à une « BH party ».

Une BH, au cas où on découvrirait ce journal dans quelques centaines d'années au fond d'un fossé, est une « bombe à la Henry ». Autrement dit le plus énorme hamburger qu'on puisse imaginer. Le jeu consiste à découvrir combien chacun est capable d'en manger. Personne, à ma connaissance, n'a jamais terminé une BH. Pour vous donner une idée, ma mère et celle de Randy et Dennis se partagent la moitié d'une. Et maman n'est pas une petite nature. Un hamburger normal ne lui fait pas peur. Mais ça? Une demi-BH est plus grosse qu'une miche de pain.

Bien que notre gril soit de bonne taille, Henry ne cuisine qu'une BH à la fois, et il les confectionne sur commande, avec tomates, salade, oignons, sauce spéciale (sa recette secrète), poivres variés, sels parfumés et épices plus ou moins fortes (de quoi vous faire exploser la cervelle). Sans parler des pains qu'il fabrique lui-même à partir de pâte surgelée (imaginez un énorme frisbee).

J'ai tenté en vain d'avaler ma BH en entier.

Ça m'a pris un bon moment.

Je viens de regarder mon téléphone. J'avais un texto codé de Sarah :

9 V 0630 TMM RD ef.

9 signifie que ses parents la surveillent de près. Traduction du reste : Vidéo à 6 heures 30. Tu me manques, rire diabolique. Efface.

À vrai dire, je suis plutôt content qu'elle ne m'envoie pas de film avant demain matin. Une fois sur deux, je les reçois le soir, et ça m'empêche de dormir.

Je vais prendre cinq minutes pour lui rédiger un rapport sur l'alchimie, sur l'Apôtre et toutes mes découvertes, puis j'éteindrai la lumière.

Lundi 20 septembre, 6 h 30

Lundi matin. Dans une semaine exactement, je retournerai au lycée. Les cours et les devoirs m'aideront peut-être à reprendre une vie normale.

À peine réveillé, je me suis assis et j'ai examiné les murs de ma chambre. Il n'y avait pas de nouveau graffiti. Soit je n'ai rien trouvé pour écrire en dormant (j'ai pris soin de ranger tous mes stylos au fond d'un tiroir fermé), soit l'auteur du message n'a pas estimé nécessaire de me le répéter.

Puis j'ai eu un désagréable pressentiment en regardant le poster que j'ai changé de place : si je le soulevais, les mots seraient-ils toujours là ?

« Ne m'oblige pas à venir te chercher. »

C'est dire à quel point les choses s'embrouillent dans ma tête. Suis-je encore capable de distinguer la réalité de la fiction ?

J'ai vérifié mon téléphone : pas de mot de passe. J'ai ouvert ma boîte mails : pas de mot de passe. Puis, en me tournant vers ma fenêtre, j'ai découvert une feuille de papier scotchée contre la vitre.

Mauvais signe.

J'ai ouvert la fenêtre juste assez pour passer la main à l'extérieur et m'emparer du papier. J'entendais la voix de mes parents, en bas, se préparant à partir au travail. Henry va dormir tard et ira probablement à la pêche. Dans peu de temps, j'aurai la maison pour moi tout seul.

Voici ce que dit le message :

Ne m'envoie rien pendant un jour ou deux. Mes parents pètent les plombs. Bonner est passé chez nous hier — un dimanche, tu te rends compte ! Il n'y est pas allé par quatre chemins. Il a dit que quelqu'un avait sectionné le cadenas pour pénétrer dans la drague, et qu'il me soupçonnait. Incroyable ! Il me fixait d'un œil noir, comme le jour où j'étais dans son bureau. Heureusement que j'ai repris la pince au passage quand on est partis, sinon on serait dans de sales draps. Ne t'étonne pas s'il vient frapper à ta porte.

J'ai lu ton rapport à propos de l'alchimie. Trèèèèès intéressant! Ça me tue qu'on ne puisse pas en discuter tranquillement. J'irai faire ma petite enquête sur l'Apôtre dans les églises après les cours. De mon côté, j'ai quelques nouvelles intéressantes. Va sur mon site et tape CHATEAUDOTRANTE. Je dois rentrer chez moi avant qu'il fasse jour.

J'ai tellement hâte de te revoir! Mais n'envoie plus aucun mail — au moins aujourd'hui —, c'est trop risqué. Laisse-moi tes messages au rocher bleu, comme quand on était petits; je ferai de même.

Sarah

P.-S.: Vous aviez une soirée Bombe à la Henry, hier, hein? J'ai entendu. Tout le monde a entendu. J'aurais tant voulu être là! Je parie que, puisque tu ne pouvais pas la partager avec moi, tu as tenté d'en avaler une entière à toi tout seul!

48

C'est un de ses meilleurs mots de passe. Très impressionnant.

Et elle a raison : elle m'a manqué, hier soir. M'empiffrer ne m'a pas aidé à me sentir moins seul. En plus, maintenant, j'ai des crampes d'estomac.

Le rocher bleu. Ce n'est pas très pratique, mais ce sera plus sûr, avec ce fouineur de Daryl Bonner dans les parages. Depuis qu'il est arrivé en ville, il y a quelques semaines, ce type ne nous a causé que des ennuis. Quelle est la vraie raison de sa présence ici ?

Ça remue, dans la maison. Papa se rase, maman fait du café.

Je vais prendre une douche. Puis je regarderai la vidéo.

Lundi 20 septembre, 7h45

Mes parents sont partis, Henry dort toujours.
C'est le moment.

sarahfincher.fr
Mot de passe :
CHATEAUDOTRANTE

Lundi 20 septembre, 8 h 15

J'espère que toutes les bibliothécaires ne ressemblent pas à Gladys Morgan. J'aimerais pouvoir entrer un jour dans une bibliothèque sans craindre pour ma vie!

On aurait vraiment dit qu'elle cherchait à cacher l'oiseau. Pourquoi? Je l'ai vu des dizaines de fois sans y prêter vraiment attention. Je me souviens même avoir pensé un jour qu'il allait se décrocher et qu'il faudrait le fixer mieux pour qu'il ne soit pas emporté par le vent quand il souffle dans Main Street.

C'est curieux comme on peut passer devant une chose presque quotidiennement sans y attacher d'importance. Puis, un jour, on la regarde d'un autre œil. Cet oiseau en bois était là, tournant bien tranquillement depuis des années, et personne ne le remarquait.

Presque personne.

Mon père le remarquait. Gladys aussi. Le vieux Joe Bush et Francis Palmer le remarquaient, de leur vivant.

Quand va-t-il tourner de nouveau? Et qui
le fera tourner?

Lundi 20 septembre, 10 h 10

Henry s'est pointé avec une tasse de café. Son irruption ne m'a pas vraiment pris de court, car il n'a pas l'habitude de frapper. Il était déjà debout sur le seuil quand j'ai remarqué sa présence. Et le papier portant la liste de noms trouvés dans la pièce secrète était à côté de mon ordinateur. Un papier avec des noms barrés. J'ai posé mon coude dessus.

Henry avait ses bottes de pêche aux pieds, ce que maman déteste parce qu'elles sentent le moisi. Il n'est pas censé les porter dans la maison. Je me suis demandé s'il les enlevait pour se coucher.

Il est entré dans ma chambre en lançant :

— Je dors comme une souche, ici. Pas toi ?

J'ai fait signe que oui, et il a balayé la pièce du regard. Ses yeux se sont arrêtés sur mon poster des Pink Floyd.

— Pourquoi l'as-tu changé de place ?

— Pour varier un peu.

— Il y a une de leurs chansons que j'avais toujours dans la tête.

Il a fredonné — faux — un passage. Je n'en suis pas revenu. Ça parlait d'un lapin qui creuse des trous. Il était lui-même étonné de se souvenir des paroles.

— Ah, cette chanson... C'est comme si c'était hier!

Il a paru mélancolique, saisi d'une émotion que je ne l'avais jamais vu manifester.

— Plus que deux jours avant de rejoindre la grande ville pour ce vieil Henry, a-t-il repris. Le temps est venu de retourner creuser mon trou, comme dit la chanson.

— Pourquoi tu ne déménages pas pour venir t'installer avec nous? ai-je demandé. Papa serait content.

— Et ta mère me tuerait. Moi, mes grosses bottes, mes parties de poker et nos journées de pêche au bord de la rivière avec ton père. Une semaine ou deux par an, c'est le maximum qu'elle puisse supporter.

— Maman t'aime beaucoup, ai-je protesté.

J'étais sincère.

— Oui, on m'aime bien une semaine ou deux, a-t-il répété. Après, ça devient plus difficile.

Il a éclaté de rire, mais j'ai senti qu'il était profondément sérieux.

Je n'avais jamais considéré les choses de ce point de vue ; pourtant, il avait raison. Le charme d'un vieux célibataire comme lui faiblit probablement au bout d'un moment. Ça m'est égal qu'il accapare papa. Mais qu'en serait-il s'il était tout le temps là ? Je ne sais pas. J'aime la grosse voix d'Henry, son énergie, sa façon d'entraîner les gens dans de folles parties de cartes. Passé deux semaines, ça commencerait peut-être à devenir pesant. Henry est malin de nous laisser sur notre faim en ne s'imposant jamais très longtemps.

Je me suis décidé à lui poser une question :

— Tu connais Gladys, la bibliothécaire ?

Il était appuyé contre le chambranle de la porte, tentant apparemment de se rappeler la suite de la chanson.

Il a reporté son attention sur moi :

– Je n'ai pas échangé un mot avec Gladys Morgan depuis dix ans. On préfère s'éviter, elle et moi. Si je la croise dans la rue, je change de trottoir.

C'était un début prometteur. Je l'ai un peu poussé :

– Pourquoi ? Qu'est-ce qu'elle t'a fait ?

– Disons qu'elle n'a pas la patience de ta mère. Je suis entré dans sa précieuse bibliothèque avec mes bottes mouillées en revenant de la pêche, et je lui ai demandé si elle avait des ouvrages sur la façon de cuire un cochon à la broche.

– Tu rigoles ?

– Pas du tout. Elle m'a foudroyé du regard comme si je venais de jeter son chat sous les roues d'un camion. Pire qu'une New-Yorkaise qui refuse un rancard ! Elle s'est levée de sa chaise, a contourné son bureau et m'a flanqué un coup de pied.

– C'est pas vrai !

– Si ! Elle m'a ordonné de sortir, avec mes grosses bottes et mon cochon, et de ne jamais repasser la porte. Je lui ai fait remarquer que, malheureusement, je n'avais pas mon cochon avec moi. Ça n'a pas arrangé les choses.

J'imaginais trop bien la scène !

— Et qu'est-ce qu'elle a répondu ?

— Elle m'a rétorqué que, si elle devait choisir entre sauver la vie d'un poulet ou la mienne, elle n'hésiterait pas, elle choisirait le poulet.

Le rire tonitruant d'Henry a empli ma chambre, et j'ai ri avec lui. Cette Gladys Morgan, quelle timbrée !

Encouragé, j'ai poursuivi :

— Et le Dr Watts, tu l'as rencontré ?

— Il est mort.

— Non. D'après maman, il vit toujours.

Henry a gratté sa joue mal rasée, l'air perplexe :

— Tu es sûr ? Je le croyais mort. Je ne l'ai pas vu depuis une éternité. Enfin, si ta mère le dit...

Il a de nouveau examiné mon poster de travers. Il avait envie de le redresser, je le voyais bien.

— Tu as lu cet article, dans le journal, à propos de la drague? a-t-il demandé.

Henry évitait habituellement d'évoquer la drague, pour ne pas me rappeler mon accident.

— Oui, ai-je dit. Il paraît qu'on va la brûler.

— Dommage que je doive partir. Je vais manquer le plus gros feu de joie jamais vu dans tous les États d'Amérique. Mais tu sais ce que pensent les gens sur mes rapports avec la drague. Il vaut sans doute mieux que je ne sois pas là quand la vieille relique subira son triste sort.

Henry a travaillé pour la New-Yorkaise Or et Argent, je l'ai déjà signalé. Il vivait ici du temps où la drague était en activité; il surveillait son fonctionnement. Il détestait les dégradations qu'elle causait au paysage, mais il était jeune et ambitieux; c'est lui-même qui me l'a avoué. Il voulait faire une grande carrière dans une grande ville au sein d'une grande compagnie.

Skeleton Creek lui colle encore à la peau des années après la faillite de la New-Yorkaise. Certains pensent qu'Henry y passe toutes ses vacances par culpabilité, parce qu'il a collaboré avec une entreprise qui a failli détruire la ville. Pour moi, c'est simplement parce que son meilleur ami — mon père — habite ici, et qu'il aime nos montagnes.

Il m'a fait un peu mal au cœur quand il s'est décollé du mur pour descendre les escaliers. J'ai entendu claquer la porte d'entrée, et j'ai deviné qu'il retournait au bord de la rivière.

Me voici de nouveau seul à la maison, renvoyé à une question qui me taraude souvent : comment décrire la vie à Skeleton Creek ? J'y réfléchis depuis longtemps sans arriver à mettre le doigt dessus. Personne ne vient jamais s'installer ici. On croise indéfiniment les mêmes gens, semblables à eux-mêmes. Tout baigne dans une espèce de solitude romantique.

On dirait que la drague a extirpé le cœur de la ville pour le balancer au fond des bois, ne laissant après son passage que des fantômes errants.

Lundi 20 septembre, 16h10

Eh bien, mes parents ne pourront pas me reprocher d'être resté dans ma chambre toute la journée! Henry est revenu et m'a proposé de descendre à la rivière avec ma canne à mouche. Je n'étais pas allé à la pêche depuis l'accident, et je n'avais probablement rien à faire près d'un courant rapide avec une jambe cassée à peine sortie d'un plâtre intégral.

Henry a assuré l'essentiel, lançant les lignes, les relevant, hurlant et gesticulant. Je suis resté assis à l'ombre à le regarder arpenter les meilleurs endroits et attraper poisson sur poisson. Je dois le reconnaître: il a bien étudié la rivière, et la pêche à la mouche n'a pas de secret pour lui. Voilà des années que je pêche chaque été, et je n'ai jamais ramené d'aussi grosses prises que celles d'Henry en cette seule journée. Ce type est une vraie machine.

J'ai apprécié plus que jamais ces heures passées au bord de l'eau. Il y a de grands peupliers qui emplissent l'air de flocons pelucheux au moindre souffle de vent. Des bosquets de trembles, à l'écorce blanche et aux feuilles dorées, se reflètent dans l'eau, beaux à vous couper le souffle. Et ce qui fait de ce lieu un endroit unique, ce sont les amoncellements de terre et de rochers que la drague a rejetés, formant de chaque côté de la rive une ligne sans fin de collines. Au fil des ans, elles se sont couvertes d'herbe, d'arbustes et de buissons fleuris. La rivière est comme un paradis secret que nul n'aurait encore découvert, perdu au-delà des bois, près d'une ville délabrée aussi petite qu'un timbre-poste. Il y a des oiseaux partout, de minuscules bestioles qui trottinent et qui crissent, et des plus grosses qu'on entend remuer sans les voir.

J'ai compris à quel point le ruisseau m'avait manqué. Je le découvrais sous un jour nouveau. Jusqu'alors, je haïssais la drague, comme tout le monde ici. Mais j'avais là, sous mon nez, l'endroit merveilleux qu'elle a laissé derrière elle. J'ai pensé au principe selon lequel du mal sort parfois un bien.

À Skeleton Creek, ce principe se vérifie.

Oui, ma vieille ville n'auvait besoin que d'un coup de pouce pour repartir.

Lundi 20 septembre, 20 h 25

De temps à autre, après l'un des barbecues d'Henry ou un déjeuner de poulet frit, maman décrète que les McCray devraient avoir une alimentation plus équilibrée. Cette décision drastique a le don de mettre papa de mauvaise humeur.

C'est ce qui s'est passé ce soir.

— Mangez, a-t-elle ordonné. Ça ne va pas vous empoisonner.

Papa, Henry et moi avons fixé les trois récipients qu'elle venait de déposer sur la table.

Mi-sérieux, mi-ironique, Henry a demandé :

— Qu'est-ce que c'est ?

J'ai désigné le plat du milieu :

— Ça doit être du riz.

— Du riz brun, a précisé maman. Ne me dites pas que vous n'avez jamais vu de riz.

Henry avait déjà vu du riz. C'était le contenu d'un autre plat qui l'inquiétait :

— Et ce truc ?

Ça évoquait des bûchettes vertes flottant sur un lac pourpre.

— Vous voulez vraiment le savoir? a repris maman. De toute façon, vous le mangerez.

Henry a dégluti et a hoché la tête.

Maman lui a rempli son assiette d'une grosse cuillérée de riz brun, elle a versé dessus une louchée de liquide pourpre accompagné de bûchettes.

— Haricots verts assaisonnés au yaourt maigre mixé avec de la betterave. C'est excellent.

Henry a réprimé un haut-le-cœur.

Dans le troisième récipient tremblait une gelée verte emprisonnant en son centre de pauvres petits quartiers de mandarines. Mon père en a rempli son assiette, de sorte qu'on ne pouvait rien y ajouter. Il y a plongé sa cuillère d'un air misérable et a aspiré le mélange à grand bruit.

— Arrête! a protesté maman.

Elle déteste les bruits d'aspiration.

Puis elle s'est mise à mastiquer une bouchée de sa mixture en s'efforçant de faire bonne figure, mais elle n'a pu l'avaler qu'en s'aidant d'une bonne goulée de Coca light. Quand Henry, beau joueur, a porté une cuillérée à sa bouche, les yeux lui sont sortis de la tête. Là, maman a craqué.

On a tous éclaté de rire. Henry est parti dans la cuisine avec papa nous préparer des crêpes.

Pendant ce temps, on a mangé notre gelée en tête à tête — sans bruits d'aspiration.

— Ça va? m'a-t-elle demandé.

— Oui. J'étais content de retourner au bord de la rivière. Je n'y étais pas allé depuis longtemps.

— C'est bien que tu sois sorti. Tu avais besoin de prendre l'air.

J'ai avalé une autre bouchée de gelée en silence.

— J'ai vérifié ton ordinateur, hier, a-t-elle ajouté. Tout était en ordre. Un petit peu trop en ordre, si tu vois ce que je veux dire.

Aïe! Maman s'y connaît peut-être plus en informatique que je ne l'ai supposé. Ai-je effacé trop de données? Je devinais déjà la question suivante.

— Tu as parlé à Sarah?

Cette question, on me la pose tous les jours, sous une forme ou une autre. Mentir me devient de plus en plus difficile.

— Je ne parle avec personne. Je n'aime pas encombrer mon ordinateur, c'est tout. Quand il est trop plein, ça le ralentit.

Elle m'a jeté un coup d'œil suspicieux.

À ce moment-là, Henry a hurlé :

— Vous allez nous en dire des nouvelles !

Il brandissait dans une main une pile de crêpes en équilibre sur une spatule et dans l'autre des assiettes en carton. Son arrivée m'a épargné un interrogatoire plus poussé. Maman m'a laissé en paix, mais j'ai bien senti qu'elle ne me croyait pas.

Je crains qu'elle me surveille de plus près, désormais. La semaine prochaine, je retourne au lycée. Elle aura tout le temps de fouiller dans mes affaires.

Dans une demi-heure, il fera nuit. Je ne peux pas sortir. Si je quitte la maison pour une petite marche solitaire, ils en déduiront que je veux aller chez Sarah.

Je n'ai eu aucun signe d'elle de toute la journée.

Je suis sûr qu'un message m'attend.

Le rocher bleu demain matin. Je n'aurai pas de nouvelles avant.

Mardi 21 septembre, 8h56

À peine mes parents partis au travail, je me suis faufilé dehors. Henry ronflait dans la chambre d'amis, il ne risquait pas de me surprendre. J'ai rejoint le centre-ville, descendu Main Street, la principale artère, d'où partent vingt petites rues transversales. Je m'étonne toujours que notre ville se réduise à ça. J'habite à un bout, Sarah à l'autre bout, en bas d'une rue en tous points identique à la mienne.

Quand nous avions sept ou huit ans, nous passions des journées entières à déterminer l'endroit exact où nous serions à égale distance de nos deux maisons. Refusant l'un et l'autre de faire un pas de plus que nécessaire, nous jugions équitable de mesurer le trajet aussi précisément que possible. Après des heures passées à arpenter la ville, à calculer et à dessiner des plans, nous avons abouti à cette conclusion : la vieille gare représente le point de rencontre idéal. Nous nous donnions parfois rendez-vous par téléphone avant d'y courir à toutes jambes. Sarah arrivait toujours la première. J'ai fini par comprendre qu'elle trichait. Elle empruntait un raccourci que nous n'avions pas pris en compte dans nos calculs. À cet âge-là, les filles sont plus rusées que les garçons. Quoi qu'il en soit, le temps que je découvre la supercherie, il était trop tard : nous avions choisi notre repaire.

Puis nous avons trouvé le rocher. Nous l'avons transporté sous la gare et l'avons positionné bien au milieu.

— On va le peindre, a décrété Sarah.

— Pourquoi ?

— Parce que j'ai envie de le peindre. Tu n'en as pas envie, toi ?

— Si. On va le peindre. Pourquoi pas ?

Cette brève conversation en dit long sur ma relation avec Sarah. Elle décide quelque chose, je n'ai pas d'objection, alors on le fait. Huit ans plus tard, je me rends compte que ce n'est pas forcément une bonne façon de fonctionner.

On s'attire des ennuis.

On risque même de se tuer.

Si le rocher est devenu bleu, c'est simplement parce que la maison de Sarah est peinte
en bleu, et qu'elle avait volé un vieux pot de
peinture dans son garage. Comme nous n'avions
pas de pinceau, nous avons versé la peinture sur
le rocher comme du chocolat chaud sur une glace.

Le plus drôle, c'est que le pot vide est toujours là-bas. On ne savait pas quoi en faire.
Si on l'avait jeté dans une poubelle, quelqu'un
aurait pu le trouver. C'était le bleu de la maison
de Sarah, et ce quelqu'un s'en serait peut-être
aperçu.

Le rocher bleu est devenu notre lieu de
rendez-vous. Nous y déposions nos messages
secrets, nos petits trésors et nos bonbons. Nous
agissions en douce, comme tout le monde dans
notre ville. Personne ne devait connaître l'existence du rocher bleu. Il était à nous. Et il était
bien caché, sous le plancher de la gare.

Un train traverse toujours la ville, très tôt
le matin, mais il ne s'arrête plus. Il s'arrêtait
au temps où la drague creusait vingt-quatre

heures par jour et sept jours sur sept. Ce qu'elle extrayait valait la peine d'être transporté. La vieille gare était déjà abandonnée quand nous étions petits, et nous aimions l'explorer. Elle n'est pas bien grande — à peu près de la taille d'un abri de jardin posé au bord des rails —, et on pouvait se faufiler sous le plancher. Elle avait été surélevée de la façon la plus économique qui soit : sur des parpaings. L'herbe avait poussé tout autour, formant un rideau facile à écarter. En dessous, le sol était couvert de gravier qui crissait sous nos genoux quand nous rampions dans notre cachette.

Depuis, nous avons grandi ; nous n'avions plus de raison de nous retrouver au rocher bleu ni de nous laisser des messages secrets. Je n'y étais pas retourné depuis des années. J'avais déjà mal à la jambe à cause de ma longue marche, et l'espace sous la cabane m'a paru bien plus réduit qu'au temps de mes huit ans.

Ai-je déjà précisé que je déteste les endroits confinés ?

Je me suis couché sur le dos pour me glisser à travers les herbes jusqu'à ce que ma tête heurte le rocher bleu. Le choc m'a arraché un cri.

En me tordant le cou, j'ai vu un bout de papier scotché au rocher. Je l'ai détaché, et j'ai soigneusement enlevé le bout de scotch pour fixer à la place mon propre message.

Tu n'es pas la seule à être surveillée de près. J'ai ma mère sur le dos. Je n'en suis pas sûr, mais je suppose que Bonner lui a parlé. Mon retour au lycée les inquiète beaucoup, papa et elle. Je parie qu'ils ont demandé à tous les profs de nous avoir à l'œil et de nous empêcher de communiquer. Ça m'énerve.

Je ne sais même plus si j'ai envie de revenir en classe.

Il y a trop de gens, là-bas.

Lorsque je loin de toi, les choses perdent de leur réalité.

Je devrais avoir plus peur que ça, non ?
J'espère que tu m'as envoyé une vidéo.
J'ai besoin de te voir.
Ryan

J'ai lu le mot de Sarah sur le chemin du retour. Il est très court. J'aurais aimé qu'elle m'écrive une longue lettre, mais Sarah n'écrit que lorsqu'elle ne peut pas s'exprimer en images.

Salut Ryan - tu me manques voudrais te voir

Mot de passe CARLKOLCHAK

Biz Sarah

C'est à peine un message; rien que le strict nécessaire, sans ponctuation à l'exception d'un tiret.

Et qui est Carl Kolchak?

C'est la première fois qu'un des mots de passe de Sarah ne m'évoque rien.

En tout cas, quand je suis rentré, j'ai trouvé Henry sous le porche, en train de manger un reste de crêpes avec du beurre de cacahuètes.

– Tu n'es pas allé jeter des pierres dans mes coins de pêche favoris, au moins? m'a-t-il lancé.

Il avait vraiment l'air de craindre que j'aie fait fuir tous les poissons!

– Tes poissons vont bien, l'ai-je rassuré. Je suis juste sorti faire un tour.

Il a mordu dans sa crêpe en m'adressant une de ses grimaces favorites.

J'ai enfin regagné ma chambre pour écrire ces lignes.

Sarah est en classe, et je suis coincé ici.

J'ai tapé le mot de passe sur Internet. C'est le nom du héros d'une série télévisée datant de 1972, bien avant ma naissance. Je ne suis quand même pas censé connaître toutes les références de la culture de l'horreur !

Enfin, je connais maintenant l'identité de ce Carl Kolchak. Un personnage classique.

Je me demande ce que Sarah a découvert.

sarahfincher.fr
Mot de passe :
CARLKOLCHAK

Mardi 21 septembre, 9h17

Elle m'a eu.

Elle m'a bien eu.

J'avais quasiment le nez sur l'écran quand ce truc est apparu.

J'ai poussé un tel hurlement que j'ai dû faire sursauter Henry, en bas.

Je l'entends s'activer dans la cuisine.

Mais c'était bon de voir Sarah rire.

Rien que pour ça, ça valait le coup.

Je me suis déjà repassé ces images sept ou huit fois. Elles m'aident à croire que tout pourrait être de nouveau comme avant. Avant le vieux Joe Bush et Daryl Bonner. Avant que je me méfie de mon père. Avant qu'on m'interdise de voir ma meilleure amie.

J'ai regardé encore une fois.

Son rire!

Elle a dû monter ces images très tôt ce matin, quand je dormais encore.

Plus que quarante-cinq minutes, et elle sera en cours d'informatique.

Je vais aller prendre un petit déjeuner.

Sarah m'a envoyé depuis l'ordinateur du lycée quelque chose d'assez inquiétant, que je viens de regarder.

Voici ce qui s'est passé après que j'ai quitté ma chambre, il y a une heure :

Je suis descendu avec mon téléphone portable au fond de ma poche. Je coupe toujours la sonnerie, et il s'est mis à vibrer alors que je buvais mon café en compagnie d'Henry. Je ne pouvais pas prendre l'appel tant que je n'étais pas seul, et je ne pouvais pas être seul parce qu'on avait entamé une partie de cartes sur la table de la cuisine. J'étais en train de battre Henry — un exploit, étant donné son talent pour le jeu. Impossible de m'en aller avant la fin de la partie. Il a repris la main et a fini par avoir le dessus.

— Tu as perdu ta concentration, tout à coup, m'a-t-il fait remarquer.

Il ne se doutait pas à quel point.

Si un texto de Sarah était arrivé, ça m'était bien égal de perdre : je voulais que la partie se termine, c'est tout.

— Tu auras plus de chance la prochaine fois, m'a dit Henry.

J'ai voulu consulter mon portable dans l'escalier aussitôt après m'être échappé de la cuisine.

La voix d'Henry m'a fait sursauter :

— Fais attention avec ce truc. Quand on monte un escalier avec une jambe dans le plâtre, il vaut mieux regarder les marches.

Il m'avait suivi ; c'était clair : il savait ce que je fabriquais. Rempochant mon téléphone, j'ai pivoté vers lui, perché sur la deuxième marche. Henry se dirigeait déjà vers sa chambre. Arrivé au coin du couloir, il s'est retourné.

— Tu peux lui parler, ça ne me dérange pas. Je trouve parfaitement stupide qu'on veuille vous séparer. Je l'ai dit à ton père.

Je n'en revenais pas. A-t-il vraiment compris que j'avais un message de Sarah ?

— Qu'est-ce qu'il a répondu ?

— Désolé, mon gars. Sur ce point, il reste aussi inébranlable qu'un mur de ciment. Il n'en démordra pas. Mais qu'il ne compte pas sur moi pour jouer les espions! Si tu parles à Sarah, je ne vendrai pas la mèche. J'ai toujours bien aimé cette fille.

— Merci, Henry.

— Tu me dois un gage en échange. J'en trouverai un bon avant mon départ.

Il est rentré dans sa chambre pour préparer ses bagages. Après-demain, il sera parti. Il va me manquer.

J'ai grimpé à l'étage aussi vite que j'ai pu et j'ai fermé la porte de ma chambre.

Qu'avait-elle découvert pour oser prendre un tel risque? Il n'y avait qu'une série de lettres sur l'écran de mon téléphone: suisaulycee.

Un mot de passe?

J'ai bondi sur mon ordinateur pour me connecter au site de Sarah.

Il se passe quelque chose. Quelque chose de grave.

sarahfincher.fr
Mot de passe :
SUISAULYCEE

Mardi 21 septembre, 11h00

J'en étais sûr! D'habitude, M. Bransom
ne nous surveille pas dans la salle d'informatique. On n'a pas besoin de lui parce qu'on travaille avec ces supports pédagogiques qui nous
expliquent comment utiliser Microsoft Excel, Word
ou n'importe quel autre logiciel. M. Bransom tape
sur son propre ordinateur, qui trône au coin de
son bureau. Il envoie probablement des mails
ou lit des journaux en ligne. Il ne lève pas les
yeux de son écran, sauf quand on lui pose une
question, autant dire jamais.

Alors, pourquoi M. Bransom garde-t-il Sarah
à l'œil? La réponse est évidente : parce que nos
parents le lui ont demandé! M. Bransom nous
espionne!

Je savais qu'ils étaient impitoyables. Mais,
sérieusement, compter sur nos professeurs pour
s'assurer qu'on ne se parle pas? Je ne les croyais
pas capables d'aller si loin. Pensent-ils que
Sarah et moi représentons un danger dès que
nous sommes ensemble? Est-ce vraiment ce qu'ils
pensent?

Très bien.

Ils veulent du danger? Ils vont en avoir.

Entrer par effraction? D'accord.

Filmer en caméra cachée la réunion d'une société d'assassins? D'accord!

Voir Sarah aussi souvent que je le veux? D'accord! D'accord! D'accord!

Ils peuvent bien me surveiller, je m'en fiche.

Mardi 21 septembre, 14h00

Je me suis un peu calmé, mais je suis encore furieux.

J'ai fait une longue promenade.

Je n'ai pas envie d'écrire.

Mardi 21 septembre, 22h00

Pendant le dîner, je n'ai pratiquement pas prononcé un mot.

Henry s'en va après-demain, ça me déprime.

Je n'osais même pas regarder mes parents. Ils se croient tellement malins.

Au milieu du repas, voilà que papa s'excuse : il faut qu'il aille aux toilettes. Il y a des toilettes en bas, mais il préfère monter à l'étage. Qu'il dit.

Je sais ce qu'il fait.

Il entre dans ma chambre pour examiner mon ordinateur. Fouiller dans mes tiroirs. Vérifier si je n'ai pas caché mon journal sous le lit. Regarder par la fenêtre en se demandant : que peut bien fabriquer ce gamin, toute la journée, dans sa chambre ?

Bonne chance, papa ! Tu ne trouveras rien. Tu sais pourquoi ? Parce que j'ai appris la dissimulation depuis belle lurette. Je tiens ça de toi, Monsieur Société secrète. Tu m'as transmis ce don, et je l'ai porté à sa perfection. Tu n'es qu'un amateur, avec ton oiseau tatoué et cette

86

chasse d'eau tirée pour me faire croire que tu as
utilisé les toilettes de l'étage.

Après le dîner, j'ai aussitôt regagné ma
chambre pour rédiger un long mail.

Salut, Sarah!

J'espère que tu as trouvé mon message au rocher bleu. Me
glisser sous la gare n'a pas été facile; je me suis cogné la
tête. Je te soupçonne d'avoir choisi cet endroit rien que pour
me forcer à faire des acrobaties avec mon plâtre. Enfin, l'idée
que ça te fasse rire suffit à mon bonheur.

À ce propos, tu as dû bien rigoler en préparant ta vidéo «Carl
Kolchak». Pas mal, cette référence à une série télévisée des
années 1970: attention, Sarah va vous jouer un tour à sa
façon! J'aurais dû me méfier. La prochaine fois, je ne me ferai
pas avoir aussi facilement.

Maintenant, la bonne nouvelle. Tu es prête? Je sais comment
on peut s'introduire dans la salle des fêtes de Longhorn au
milieu de la nuit. J'ai passé pas mal d'heures là-bas parce
que papa fait partie du club des pêcheurs à la mouche. Tu
n'imagines pas le nombre de réunions de ces mordus de la
canne à pêche auxquelles j'ai assisté! Ce n'est pas pour me
vanter: c'est complètement ringard de se rendre là-bas tous
les jeudis soir pour écouter des types discuter de mouches

et de truites. Mais finalement, je n'aurai pas perdu mon temps, n'est-ce pas ?

Alors, voilà comment entrer après la fermeture des portes : par une fenêtre dans les toilettes des hommes.

La salle de Longhorn accueille en semaine toutes sortes d'activités. Le mardi, par exemple, les vieilles dames s'y réunissent pour coudre des patchworks. Non, je n'ai pas fait partie du club, c'était ma grand-mère. La preuve : j'ai encore un dessus-de-lit, orné de poissons.

Je pense me rendre là-bas dans la journée et entrouvrir la fenêtre. Pour ça, je devrai grimper sur le lavabo, mais l'état de ma jambe s'améliore de jour en jour ; j'y arriverai. Demain soir, tu n'auras qu'à pousser le battant pour pénétrer dans les toilettes.

Apporte une échelle, la fenêtre est assez haute.

Deuxième chose (dois-je mentionner qu'il est tard et que je suis fatigué ? J'espère rester éveillé assez longtemps pour terminer ce mail monstrueusement long). Deuxième chose, donc : il y a bien une trappe noire sur la scène.

Il y a quelques années – c'était, je crois, la première fois que j'accompagnais mon père au club de pêche –, je me suis promené dans la salle et j'ai grimpé sur la scène. Des orchestres y jouent les soirs de bal. Une batterie avait été laissée là, sans doute parce qu'elle était trop lourde à transporter. J'ai commencé à tapoter dessus, et mon père m'a crié d'arrêter. J'ai arrêté. Et j'ai vu la trappe.

Mardi 21 septembre, 23 h 55

Je me suis endormi à mon bureau.

C'est mauvais.

Très mauvais.

Je n'avais pas fini d'écrire mon mail pour Sarah.

L'écran de mon ordinateur est noir. Il a dû se mettre en veille peu après que je me suis endormi, mais comment être sûr que personne n'est entré? Il suffit de remuer la souris, et l'écran reprend vie. Si quelqu'un a lu ce mail, je suis dans le pétrin.

J'ai remué la souris, et le texte s'est affiché là où je l'avais laissé.

« Et j'ai vu la trappe. »

Je me souviens. Après avoir tapé cette phrase, j'ai fait une pause, appuyé contre le dossier de ma chaise. J'ai massé ma jambe anky-losée. J'avais éteint ma lampe, si bien que la seule lumière provenait de l'écran. Je me suis penché de nouveau, un coude sur le bureau, la tête reposant sur ma main.

Après ça, je ne me rappelle plus rien.

L'écran a dû s'éteindre deux minutes plus tard.

Quand je me suis réveillé, il faisait totalement noir, et j'ai tout de suite compris que le vrai problème n'était pas que je me sois endormi.

Le vrai problème, c'est ce qui m'a réveillé.

Le vieux Joe Bush.

Il était dans ma chambre, j'en suis sûr.

Je l'ai entendu.

Je l'ai entendu traîner sa jambe.

Je n'ai pas rêvé! Je sais que je n'ai pas rêvé.

Pourquoi je le sais?

À cause de ce que j'ai fait ensuite. Et que je n'aurais pas dû faire. À la lumière de mon écran, je me suis approché à pas de loup du poster des Pink Floyd, qui cache les mots écrits sur le mur.

« Ne m'oblige pas à venir te chercher. »

J'ai soulevé le bas du poster. C'était facile, le scotch ne colle pas très bien. Mon ombre couvrait l'inscription, et je ne voyais rien. Alors, je me suis écarté.

Et je les ai vus.

D'autres mots.

Des mots qui n'y étaient pas avant.

« L'Apôtre te surveille, maintenant. »

J'ai recollé le poster et je suis revenu m'asseoir à mon bureau.

Qui a écrit ça? Lui ou moi?

Je ne me rappelle pas avoir tenu un stylo. Et surtout, je n'ai pas reconnu mon écriture.

Soit j'ai écrit les deux avertissements, soit je n'en ai écrit aucun.

D'ailleurs, que signifie ce message?

« L'Apôtre te surveille, maintenant. »

Qu'il m'observe.

Que j'ai franchi la limite et que je suis le suivant sur la liste.

L'Apôtre est mort. Je suis mort.

Un froid de glace remonte le long de ma jambe cassée, comme si elle était au congélateur, prête à se briser en mille morceaux. Cette sensation n'est pas de notre monde. Elle appartient au monde de l'Apôtre, au monde de Joe Bush. Au monde des morts.

Je suis sûr qu'il était ici.

Ou alors, je deviens fou.

J'ai envoyé le mail inachevé à Sarah, rien que pour pouvoir l'imprimer, le coller dans mon journal et le supprimer.

Je ne peux pas lui raconter ça. Je ne peux pas. Ce n'est pas comme de lui avouer que je fais partie du club de pêche de mon père. Là, elle penserait que j'ai perdu la tête. Elle ne me ferait plus confiance.

Je lui ai ensuite écrit un nouveau mail.

Sarah,

Il faut que tu dévisses les écrous de la trappe noire sur trois côtés ; apporte un tournevis. Une fois le battant ouvert, tu verras des marches qui descendent.

Je ferai en sorte que la fenêtre soit ouverte pour que tu puisses entrer. Tu trouveras le moyen de filmer, hein ? Tu trouves toujours un moyen de filmer.

Je dois te laisser. Tu me manques.

Ryan

J'ai pris une photo de mon mur et je l'ai imprimée.

Ça rend la chose plus réelle.

Je n'ai rien inventé. Ce n'est pas une hallucination.

Mercredi 22 septembre, 1h00

Je n'arrive pas à dormir.

Mercredi 22 septembre, 2h00

Je n'arrive pas à dormir.

Mercredi 22 septembre, 3h00

Je n'arriverai pas à dormir.
Ce n'est pas moi qui ai écrit sur le mur.
C'est quelqu'un d'autre.

Mercredi 22 septembre, 5h00

Je me suis assoupi deux petites heures. Quand je me suis réveillé, je n'ai pas osé regarder de nouveau derrière le poster.

Sarah m'a répondu, un peu inquiète. Pas parce que je lui ai envoyé un long mail, alors qu'on était d'accord pour ne pas prendre de risques. Mais parce que ça prouve qu'il est presque impossible de ne pas s'envoyer de mail. Sois prudent, c'est tout, disait-elle. Efface, efface, efface. Ne laisse aucune trace. Nos relations n'existent pas.

Je n'aime pas cette idée.

Nos relations n'existent pas.

Nos parents auraient-ils gagné?

La suite de son mail est moins déprimante. Elle parle de transgresser les règles qu'elle a elle-même établies. Elle n'avait jamais rien écrit d'aussi long. Je dois vraiment lui manquer, en fin de compte.

Ton idée de passer par la fenêtre de Longhorn est parfaite. La nuit, il n'y a jamais personne dans le coin, surtout si je passe par l'arrière du bâtiment. Ça devrait marcher. J'imagine déjà les questions de Bonner s'il me surprend à transporter une échelle dans les rues à minuit. J'aime autant ne pas y penser.

Voyons, il est 4 heures du matin. Je n'ai pratiquement pas dormi, ces temps-ci. Le détective qui est en moi doit penser que les petites heures du matin sont les plus sûres. En tout cas, je suis parfaitement réveillée. Je vais donc m'emparer d'une des vieilles échelles de mon père et j'irai la cacher dans les buissons derrière Longhorn. Personne ne la trouvera là.

J'ai le pressentiment que l'oiseau va bientôt tourner. Les membres du Crâne l'observent sûrement chaque jour, non ? Dans ce cas, il sera instructif de savoir qui va lui porter un intérêt particulier aujourd'hui. Ou de surprendre quelqu'un en train de le faire bouger. Ça serait super ! Notre enquête avancerait d'un grand pas.

J'ai une mission à te proposer. En ville, le café est un excellent poste d'observation. Si tu t'assieds à la table du coin, tu auras une vue parfaite sur l'entrée de la bibliothèque, de l'autre côté de la rue. Explique que tu as besoin de sortir un peu de chez toi et mets-toi là avec ton journal ou ce que tu voudras. Marla te laissera tranquille. Elle connaît ta mère, elle sera ravie de te voir. Reste là, bois du café, mange de la tarte et griffonne sur ton carnet.

Il va se passer un truc pendant que je serai au lycée.

Dans quelques jours, la drague sera brûlée. Les membres du Crâne ne peuvent plus attendre. Ils s'intéressent à la drague autant que nous, bien que nous ne sachions pas pourquoi. Gladys sait que je furète dans le coin. Bonner aussi. Ils me surveillent d'aussi près que je les surveille. Je suis sûre que l'oiseau va tourner à une heure où je ne pourrai pas le voir.

Soyons prudents. À chaque mail envoyé, on risque de se faire prendre. Laisse-moi un message au rocher bleu pour me dire ce que tu auras découvert. J'y passerai à mon retour du lycée. S'il y a du nouveau, je te laisserai un mot à mon tour, et on décidera de ce qu'on fait. Désolée de t'envoyer courir ici et là avec ta jambe dans le plâtre, mais si, comme je le suppose, une rencontre des membres du Crâne se prépare, nous devons nous montrer plus méfiants que jamais.

Accroche-toi ! Mange une part de tarte à ma santé !

Efface ! Efface ! Efface !

Sarah

Je suis tout excité à l'idée de quitter ma chambre.

Je ne supporte plus d'y rester.

Mercredi 22 septembre, 10h00

Je suis assis au café, seul. Je viens d'arriver.

Aussitôt après avoir supprimé le mail de Sarah, je me suis recouché. Le soleil se levait, ce qui m'a rassuré. Tout ça ressemble trop à une histoire de vampire. Le mal et la nuit vont de pair, comme le sucre glace et les gâteaux. C'est fou ce que je me sens plus calme dès que la lumière revient !

Du coup, je ne me suis réveillé qu'il y a une heure. En bas, j'ai découvert que papa avait pris sa journée pour rester avec Henry, qui s'en va demain. Papa aurait dû être en congé toute la semaine, mais, a-t-il expliqué, « la boîte va mal ». Papa travaille pour la même entreprise depuis toujours. Il assure la maintenance dans une fabrique de papier ; il surveille une énorme machine avec des tas de mécanismes en mouvement. La machine coûte très cher. Une pièce qui casse, et c'est la catastrophe. Le problème, c'est qu'il est là depuis si longtemps que tous les autres sont plus jeunes et moins expérimentés. Que ce dinosaure de machine se secoue bizarrement ou fasse de drôles de bruits, on s'affole et on appelle mon père.

— C'est incroyable qu'ils aient déjà tenu quelques jours sans moi, racontait-il au moment où je suis arrivé sous le porche. À chaque fois, il faut que je calme tout le monde. Mais aujourd'hui, c'est bon : on peut aller faire un tour à Cabela.

Ses yeux brillaient à cette idée. Il faut savoir qu'il y a, à Cabela, une aire de pêche plus étendue à elle seule que la plupart des lacs que j'ai pu voir.

— Tu devrais venir avec nous, m'a proposé Henry.

Il portait un chapeau de cow-boy que je ne lui connaissais pas.

— Où as-tu trouvé ce chapeau? ai-je demandé.

Henry l'a ôté et l'a contemplé avec fierté.

— Dans un vide-grenier. Deux dollars, tu te rends compte!

— Tu l'as lavé?

Il a jeté un drôle de coup d'œil à l'objet, l'air de se dire qu'il aurait dû y penser. Puis il l'a posé sur ses genoux et m'a adressé un regard interrogateur. Il attendait une réponse à sa question.

— Il faut beaucoup marcher, là-bas. Je ne suis pas sûr d'en être capable, ai-je menti.

Une virée à Cabela, c'était tentant, mais j'ai autre chose à faire.

— J'irai plutôt faire un petit tour en ville, ai-je continué.

Papa a aussitôt rebondi :

— Tant mieux ! Il est grand temps que tu sortes ! Ta chambre commence à sentir le renfermé.

En vérité — et ça me convient tout à fait —, papa préférait passer ces dernières heures seul avec son ami.

— Bonne journée, me suis-je écrié. Ne dépensez pas tout l'argent mis de côté pour mes études !

Tous deux savent aussi bien que moi combien il est facile de gaspiller, en quelques heures, plusieurs mois d'économies dans les boutiques et les salles de jeu de Cabela.

L'emploi du temps de mon père me permet donc de surveiller l'oiseau une bonne partie de la journée depuis le café.

Henry est entré dans la maison pour donner un coup de torchon à son chapeau de cow-boy, nous laissant en tête à tête sous le porche. Papa a avalé une gorgée de café, reposé la tasse sur la table, à côté des cartes à jouer qui ont plus servi cette semaine que pendant toute l'année écoulée.

— Comment va ta jambe? Tu te sens prêt à retourner au lycée?

Il ne semblait pas sur le point de m'interroger sur Sarah, aussi j'ai répondu sur le même ton:

— Ça va aller. Je serai content de revoir mes amis. Ça devient lassant de rester à la maison.

— C'est vrai, ça ne sert à rien de traîner ici.

Il a repris sa tasse et a examiné le motif qui l'ornait. Mon père collectionne les tasses à café. Celle-ci était blanc et or, avec la reproduction d'une planche de bande dessinée. Je la regardais en pensant que c'était l'une de mes préférées quand papa a lancé:

— Montre-moi ton téléphone.

Il sait que je l'ai presque toujours sur moi, et je ne pouvais faire autrement que de le lui donner.

Il s'y connaît beaucoup mieux en téléphones et en ordinateurs depuis mon accident. Il veut être au courant de tout, ne pas manquer quoi que ce soit qui risquerait de me mettre en danger. Il cherche à me protéger de moi-même ; drôle de façon de me prouver qu'il m'aime. Mais, dans ce domaine — je l'ai déjà signalé —, je suis bien plus doué que mes parents, comme tous les jeunes de mon âge. La plupart des parents, même ceux qui s'évertuent à se tenir au courant, sont complètement distancés.

Papa a appuyé sur quelques touches, cherchant sans doute la trace d'appels de Sarah. J'ai reçu plein de coups de fil de camarades avec qui je reste en contact, mais aucun de Sarah. J'ai été étonné de voir mon père porter le combiné à son oreille. Il s'est servi de mon portable pour appeler quelqu'un. Ça n'a pas répondu. Il a raccroché et m'a rendu le téléphone.

— Sarah ne décroche pas, a-t-il commenté.

J'ai eu de la chance. Si elle n'avait pas été occupée, le numéro affiché lui aurait indiqué que c'était moi, et elle aurait répondu.

Fouillant dans sa poche, papa en a sorti un portefeuille bien rempli. Mon père aime les vieux objets : jeans usés, ceintures préhistoriques. Avec son portefeuille, je trouve tout de même qu'il exagère. Il est complètement avachi, comme si quelqu'un était resté assis dessus pendant plus de vingt ans. Son cuir déchiré est foncé au milieu et décoloré sur les côtés. Il déborde de bouts de papier datant d'on ne sait quand, de pense-bêtes, de photos à moitié effacées de ma mère et de moi, de pièces de monnaie qui ont laissé des marques dans le cuir.

Il m'a tendu un billet aux coins cornés :

— Tiens ! Achète-toi une chemise, puisque tu vas en ville. Tu en auras besoin pour l'école.

Henry nous a rejoints, son chapeau sur la tête, tout excité à l'idée de leur virée. Il veut être de retour à Skeleton Creek à 14 heures pour avoir le temps de pêcher dans la rivière à côté de chez nous une dernière fois. Papa a fini son café, et ils sont partis dans la camionnette, me laissant seul.

Je suis resté un moment sous le porche. J'avais peur de remonter.

Je commence à haïr ma chambre.

J'ai enfin trouvé le courage de rentrer dans la maison. Grimper l'escalier ne m'est plus très difficile, mais je l'ai fait lentement, silencieusement, comme si le moindre bruit risquait de me mettre en danger. Je suis arrivé en haut, maudissant chaque marche qui craquait. Même si j'étais tenté de fouiller de nouveau la chambre de mon père, je n'ai pas eu le cran d'y retourner. Une fois m'a suffi.

J'ai pris mon journal, mes stylos et un livre de contes d'Edgar Poe. J'ai tâté au fond de ma poche le gros billet que mon père m'a donné. Avec ça, je vais pouvoir me payer autant de cafés et de parts de tarte que je voudrai.

Mercredi 22 septembre, 11h30

La serveuse qui connaît ma mère ne travaille pas aujourd'hui, ce qui m'oblige à consommer café sur café. Je n'y suis pas habitué. J'ai les mains qui tremblent et le cœur qui palpite. Deux parts de tarte n'ont pas amélioré mon état. Trop de sucre. Mais je ne peux pas boire autant de café l'estomac vide.

Il me reste dix dollars.

Quel pourboire dois-je laisser à cette dame?

Elle ne cesse de me demander si je désire autre chose, et je réponds oui pour avoir une bonne raison de rester, pour n'avoir pas l'air d'être juste là, à occuper une table.

Comment devient-on serveuse dans une ville aussi morte que Skeleton Creek? Je n'avais encore jamais vu cette jeune femme. Elle doit avoir dans les vingt-cinq ans. Pourquoi diable s'est-elle installée ici? Elle a peut-être épousé un homme du coin. Elle n'avait sans doute aucune idée de ce qui l'attendait. Pas de bol!

De ma place, j'ai une vue parfaite sur la bibliothèque, mais l'oiseau, au-dessus de la porte, est dans un mauvais angle. Je ne distingue qu'une vague tache noire. J'ai bien observé sa position, néanmoins, et j'en ai déduit que le Dr Watts peut le voir de chez lui. Il n'habite qu'à un pâté de maisons, et une fenêtre du premier étage donne dans la bonne direction.

Personne n'est entré ou sorti de la bibliothèque de toute la matinée. Pas même Gladys Morgan, que j'imagine tapie à l'intérieur, plongée dans quelque ouvrage ennuyeux ou occupée à préméditer mon assassinat.

Je crois que c'est la meilleure heure pour pénétrer dans la salle des fêtes de Longhorn. Je ne me rappelle plus ce qui s'y passe le mercredi. Je ne pense pas que ce soit le club de patchwork, et je suis sûr que ce n'est pas celui des pêcheurs à la mouche, mais il y a toujours des activités en milieu de journée.

Je vais y aller tout de suite, ouvrir la fenêtre dans les toilettes et revenir en vitesse. J'espère que je ne manquerai pas le moment où quelqu'un fera tourner l'oiseau. Il faut que je découvre qui est ce quelqu'un. Je vais contourner la maison du Dr Watts et vérifier si, de chez lui, on a vraiment vue sur la façade de la bibliothèque. Puis je ferai un aller-retour à Longhorn. J'en ai pour une heure. Peut-être moins grâce aux effets de la caféine.

Mercredi 22 septembre, 12h43

Ça m'a pris plus de temps que prévu. Comment aurais-je pu deviner qu'on fabrique des circuits de trains miniatures à la salle des fêtes de Longhorn? Avez-vous déjà tenté de traverser une salle où s'agitent des fanatiques de modèles réduits, tout excités à l'idée de faire un nouvel adepte? Ils ne voulaient plus me lâcher. Tous avaient entendu parler de mon accident, et un vieux de la vieille s'est mis à raconter l'histoire d'un conducteur tombé entre deux wagons, et qui s'était cramponné de toutes ses forces. Quand on a enfin réussi à le remonter, il avait les deux jambes brisées.

— Heureusement, celui-là n'a pas fini sous le train, a ajouté le gars. Mais ça, c'est une autre histoire que tu n'as sûrement pas envie d'entendre.

Je n'avais déjà pas envie d'entendre la première. J'ai tout de même subi la deuxième. Je ne la retranscris pas, elle est trop horrible.

À présent qu'ils me tenaient, j'ai eu droit à un exposé sur les différents trains qui traversaient autrefois la ville, j'ai dû admirer chacune des maquettes, et tout et tout. C'était intéressant, d'ailleurs. Si je n'étais pas obligé de retourner au lycée, j'aurais bien adhéré à ce club. Ces gens étaient plutôt sympas.

En d'autres termes, je me suis laissé distraire.

Il m'a fallu une demi-heure pour prendre conscience que j'avais quitté mon poste d'observation et que j'allais probablement manquer le passage de Joe Bush en personne, grimpant les marches de la bibliothèque pour faire tourner l'oiseau.

Je me suis éclipsé en prétendant devoir passer aux toilettes.

Une fois à l'intérieur, j'ai compris qu'il est plus facile de grimper sur un lavabo quand on n'a pas une jambe dans le plâtre. Mais j'étais déterminé, je devais ouvrir cette fenêtre pour Sarah. Ça m'a pris au moins dix minutes. J'entreprenais de redescendre quand j'ai entendu quelqu'un s'approcher de la porte, demander si j'allais bien, si je n'étais pas tombé dans le trou, la blague habituelle.

J'ai dégringolé de mon perchoir et j'ai atterri les fesses sur le carrelage. C'est un miracle que je ne me sois pas fait mal. Le type qui m'avait raconté les deux horribles histoires de train m'a aidé à me relever et a tâché de me réconforter à l'aide d'interminables commentaires sur les embarras que cause une jambe cassée, et patati et patata.

Le plus drôle, c'est que, comme j'ai avalé une dizaine de tasses de café, j'avais vraiment besoin d'aller aux toilettes. Mais j'étais déjà resté dedans trop longtemps, aussi j'ai vite regagné le bar, où je suis à présent.

J'ai commencé par aller droit aux toilettes.

Quand j'en suis sorti, un verre d'eau m'attendait sur ma table. (MA table! Drôle d'expression! Je n'étais jamais venu ici avant aujourd'hui.)

— Encore un café? m'a demandé la serveuse.

Au ton qu'elle a employé, j'ai senti qu'elle aurait préféré me voir choisir n'importe quel autre endroit sur cette planète. On avait déjà épuisé tous les sujets de conversation dans la matinée : le lycée, ma jambe cassée, la ville. C'est clair, ce « Encore un café ? » sont les derniers mots auxquels j'aurai droit.

— Un verre d'eau me suffira, ai-je répondu.

Elle m'a lancé un regard noir, comme si j'étais une sorte de fraudeur. Alors, j'ai commandé une autre part de tarte...

Et j'ai jeté un coup d'œil à l'oiseau.

Il n'a toujours pas bougé.

Mercredi 22 septembre, 12 h 58

Je n'arrive pas à le croire.

Il y a dix minutes, alors que je mordais dans ma part de tarte, devinez qui j'ai vu, en train de remonter Main Street!

Notre charmant garde forestier: Daryl Bonner!

Il a dépassé la bibliothèque en y jetant un coup d'œil, puis il a traversé la rue.

Je me suis vite planqué derrière mon journal. Puis j'ai pensé que je ferais mieux de ne pas le montrer, car il pourrait me le confisquer et l'utiliser comme preuve. Un garde forestier a-t-il le droit de faire ça? Je ne sais pas. Mais c'est un grand type en uniforme; autant ne pas courir de risque. J'ai rangé le cahier dans mon sac à dos. Quand j'ai relevé la tête, j'ai entendu tinter la sonnette de l'entrée. Daryl Bonner a pénétré dans le café et a marché droit vers ma table.

Peut-être était-ce dû à tout le café que j'avais bu, mais j'étais horriblement nerveux.

— Bonjour, monsieur Bonner, ai-je dit d'une voix incertaine.

J'avais l'air aussi coupable que si je venais de pousser quelqu'un sous un train.

La suite de la conversation a été du genre :

Bonner : « Tu vas mieux, on dirait. »

Moi : « Oui, beaucoup mieux. Merci, monsieur. »

Bonner : « As-tu parlé à Sarah, dernièrement ? »

Moi : « Non, monsieur. Il y a longtemps que je n'ai pas eu de ses nouvelles. »

Bonner : « Tu sais qu'elle continue de fourrer son nez partout ? Elle est incapable de se tenir tranquille. »

Moi : « Non, je ne le savais pas. On ne se voit plus. »

Chaque fois que j'ouvrais la bouche, ma voix tremblait davantage. Fini le café !

Bonner : « Tu es sûr de ne pas lui avoir parlé ? »

Moi : « Tout à fait sûr. Je m'en souviendrais. »

Bonner : « Très drôle. »

Moi : « Je n'essaie pas d'être drôle, monsieur. »

Il m'a jeté un regard de travers et s'est levé. Il ne m'a pas cru, c'est clair. On avait bien besoin de ça! Daryl Bonner nous surveille tous les deux, Sarah ET moi!

Il est sorti sans se retourner et a disparu au coin de la rue.

J'ai bu mon verre d'eau, suis retourné aux toilettes et suis revenu observer la bibliothèque.

À être assis là, dans ce café, je constate que je ne suis pas fait pour être espion. Il faut rester trop longtemps au même endroit, à ne rien faire.

Cinq autres minutes viennent de passer et je...

Oh non! Ça ne peut pas être lui!

Est-ce bien...

... mon père?

Il remonte Main Street sur le trottoir d'en face.

Quelle heure est-il?

13h05.

Henry et lui sont rentrés plus tôt qu'ils ne l'avaient prévu. Et ils devaient ensuite aller à la rivière.

D'accord, je vais l'observer et noter en direct ses faits et gestes.

Il monte les marches.

Il lève la main vers l'oiseau.

Je ne vois pas ce qu'il fait!

Il redescend les marches et traverse la rue.

Il vient dans cette direction?

Il ne faut pas qu'il entre ici! Surtout pas!

Il est là, devant la vitrine, il va atteindre la porte.

Retiens ton souffle, Ryan, ça aide.

Baisse la tête, continue à écrire.

Il avance comme quelqu'un qui sait où il va.

Il descend la rue, en direction de la maison.

Voilà, il est parti.

J'ai eu chaud. S'il m'avait surpris en train de le surveiller, je ne sais pas ce que j'aurais fait. Ni ce qu'il aurait fait.

Je ne vois pas bien l'oiseau. J'aurais dû emporter des jumelles.

Minute. Il se passe autre chose.

Mercredi 22 septembre, 14h19

L'heure qui vient de s'écouler a été un vrai tourbillon. Je vais tenter de la résumer. Je ne peux plus retourner au café, sinon la serveuse va me regarder de travers.

Je suis donc allé m'asseoir à la gare. Pas en dessous, où il y a le rocher bleu, mais sur les marches, devant la porte.

Qu'est-ce qui se passe dans cette ville?

J'ai le cerveau en ébullition.

Il faudrait que quelqu'un me flanque une gifle pour que je retrouve mes esprits.

Donc, voici ce qui est arrivé:

J'ai ramassé mes affaires et j'ai quitté le café. Je n'avais jamais été aussi anxieux en arpentant notre petite ville toujours à moitié endormie. Je ne m'étais jamais demandé qui pouvait bien être en train de m'observer. Mon père, au coin d'une rue? Daryl Bonner, derrière une fenêtre? Gladys Morgan allait-elle surgir de la bibliothèque, son fusil pointé sur moi? Et ce type, le Dr Watts? Il me guettait peut-être avec des jumelles. Il n'aurait qu'à composer un numéro de téléphone, et demain matin, on retrouverait mon corps coincé sous un tronc d'arbre, dans la rivière.

J'ai pris une rue transversale pour m'éloigner de la bibliothèque et j'ai marché vers les bois. Quand j'ai relevé les yeux, la bibliothèque m'a paru minuscule, dans l'ombre monstrueuse des montagnes. Par rapport à elles, les livres qu'elle contient empilés ne seraient pas plus hauts qu'un tas de haricots. Tous les livres jamais publiés, mis les uns sur les autres, seraient-ils aussi hauts qu'une montagne ? Et qui a fait les montagnes ? Et pourquoi les avoir faites si hautes ?

Je tâchais de m'occuper l'esprit avec ces questions idiotes tant je craignais que mon père ou Bonner me tombe dessus, ou de me retrouver face à Gladys, qui m'assommerait en m'abattant « Guerre et paix » ou « Le seigneur des anneaux » sur le crâne.

Après ce long détour, je suis repassé devant la bibliothèque. La gorge serrée, j'ai regardé l'oiseau, très brièvement, comme on jette un coup d'œil à sa montre avant de se remettre à ses devoirs. Ça m'a suffi pour constater que mon père avait modifié sa position.

TOUT DROIT OÙ VOUS SAVEZ
À DIX APRÈS L'AXE.

TOUT DROIT OÙ VOUS SAVEZ
À DIX APRÈS L'AXE.

TOUT DROIT OÙ VOUS SAVEZ
À DIX APRÈS L'AXE.

Je me suis répété ces mots énigmatiques que j'avais lus sur le « Diagramme de l'alchimiste 79 ».

Dans un état second, j'ai traversé la rue, ai dépassé un pâté de maisons et me suis assis au bord du trottoir, incapable de contenir mes tremblements. J'ai inspiré profondément l'air des montagnes, jusqu'à ce que je me sente mieux. Il m'est alors venu à l'esprit que je pourrais continuer à guetter discrètement. Personne ne m'avait vu; du moins, personne ne s'était manifesté. Il allait peut-être se passer autre chose. Je me suis levé pour revenir me poster au coin de Main Street. Appuyé nonchalamment contre un mur de briques, j'ai fait mine de me reposer.

J'ai attendu.

Cinq minutes se sont écoulées. 13h51.

Encore cinq minutes. 13h56.

Des gens passaient devant la bibliothèque, mais personne n'y entrait, personne ne regardait l'oiseau. À 13 heures 58, Gladys Morgan est sortie. Elle est restée là un moment, à observer Main Street.

Puis elle a tourné la tête de mon côté.

Je n'ai pas bougé. Pas pour éviter de me faire repérer. Je ne pouvais pas, c'est tout.

Elle m'a fixé, et je m'attendais presque à l'entendre chuchoter : « Ne m'oblige pas à venir te chercher. » Pourtant, elle n'a pas semblé me voir. Gladys n'est pas toute jeune, je n'étais sans doute rien de plus pour elle qu'une tache brouillée contre un mur flou. Néanmoins, sa façon de poser son regard droit sur moi, comme si elle savait que quelqu'un profitait de sa myopie pour rester hors de vue, m'a fait frissonner.

Gladys s'est retournée, a jeté un coup d'œil à l'oiseau. Puis elle est rentrée.

14 h 00.

J'attendais toujours.

Je ne savais pas très bien pourquoi. Quelque chose me disait de rester là. Le ballet n'était pas terminé.

À 14 heures 03, mon père est repassé.

D'un pas désinvolte, il a grimpé les deux marches menant à la bibliothèque.

Il ne m'a pas remarqué.

Je l'ai vu lever la main et faire à nouveau tourner l'oiseau. À cet instant, j'ai deviné qu'il faisait le travail dont l'Apôtre se chargeait autrefois : il indiquait la prochaine réunion aux membres de la société du Crâne.

« L'Apôtre te surveille, maintenant. »

Est-ce mon père qui a écrit ces mots?

Dans ce cas, il est fou. Vous n'auriez pas vu mon père? Il s'est évadé de l'asile!

Et si c'était pire que la folie?

S'il s'agissait de meurtre?

Non, je ne peux pas penser une chose pareille.

Il était trop jeune quand Joe Bush est mort.

Il avait mon âge.

Je me suis faufilé jusqu'au rocher bleu pour laisser un message à Sarah. À présent, je suis assis sur les marches devant la vieille gare, le soleil me chauffe la tête. Quand il faut choisir entre se battre ou fuir, le stress vous pousse à faire n'importe quoi. J'ai trop tiré sur ma jambe, aujourd'hui. Sur le moment, je n'ai rien senti. Maintenant, elle me fait mal.

J'espère ne pas avoir aggravé mon état.

J'appréhende le trajet de retour jusque chez moi, les mensonges que je vais devoir inventer pour expliquer à quoi j'ai occupé ma journée, pourquoi je n'ai pas acheté de chemise avec l'argent que papa m'a donné.

Mais bon, qui est le vrai menteur, dans tout ça?

Mon père a actionné le signal. Puis il l'a remis en place.

Les membres de la société du Crâne savent sans doute qu'ils doivent regarder l'oiseau le mercredi entre 13 heures et 14 heures. Ils font peut-être ça depuis des années. Qui sait? Ça fait probablement partie d'un système de communication très élaboré. Comment mon père s'y prend-il quand il travaille? Pour Gladys et le Dr Watts, pas de problème: ils sont toujours sur place. Le docteur pointe sans doute chaque jour ses jumelles sur la bibliothèque avant de retourner à ses activités habituelles dans sa vieille maison. Quant à Gladys, il lui suffit de sortir jeter un coup d'œil.

Sarah, tu vas devoir faire vite. Comme tu l'as découvert, le Crâne se réunit au sous-sol de Longhorn. Maintenant, je connais l'heure. L'oiseau a bougé : le rendez-vous est fixé ce soir à minuit dix.

Je ne reviendrai pas ici, la jambe me fait trop mal.

Il faudra que tu m'envoies un mail. Attention : on est plus surveillés que jamais. Envoie-le à 21 heures précises, et dis-moi s'il faut que je fasse quelque chose.

Je prétendrai que je suis fatigué, que je ne me sens pas bien, pour monter tôt dans ma chambre. J'espère qu'on me laissera tranquille.

Une chose est sûre : papa ne sera pas à la maison cette nuit.

Qui vas-tu voir à cette réunion secrète ? On parie ? Le Dr Watts, mon père, Gladys Morgan, et peut-être Daryl Bonner.

Tous les autres sont morts.

Ryan

Mercredi 22 septembre, 17h05

Dans quelques heures, j'aurai un mail de Sarah. Pour le moment, je suis assis sous le porche, tâchant de me montrer le plus décontracté possible. Le vieux canapé plein de trous est l'endroit le plus confortable où me reposer quand je ne suis pas dans ma chambre. J'espère que maman ne va pas le vendre dans un vide-grenier.

Papa et Henry ne sont toujours pas rentrés de leur partie de pêche à la rivière, ce qui ne me surprend pas. C'est en fin d'après-midi et en début de soirée que ça mord le mieux. Ils ne reviendront sans doute pas avant 19 ou 20 heures, surtout s'ils espèrent éviter un dîner comme celui d'hier.

J'ai eu la maison pour moi tout l'après-midi, et maman ne rentrera que dans une heure. J'ai descendu mon ordinateur portable sous le porche et j'ai surfé sur Internet. Trois canettes de Coca plus tard, j'avais découvert une chose étonnante.

Je me suis focalisé sur Robert Boyle, Robert Hooke et Isaac Newton. Ces types ont été aussi célèbres que des stars du rock. Des savants fous, ça plaît forcément à une société secrète. Or, après mes recherches d'aujourd'hui, je vois une tout autre explication à l'intérêt que les membres du Crâne portent à Boyle, Hooke et Newton.

Ça vaut la peine de recopier une brève histoire de ces trois personnages.

Commençons par Hooke. Robert Hooke.

Hooke aurait été le premier à utiliser le mot « cellule » en biologie. Rien que ça, ça lui donne une stature particulière. Imaginez que vous soyez le premier à utiliser « pizza », « football » ou « cinéma ». Ce ne serait rien en comparaison d'un mot sur lequel se fonde toute la structure du vivant tel que nous le connaissons (y compris les pizzas, le foot et le cinéma). Impressionnant.

Robert Hooke a réalisé toutes ses expériences avec une pompe à air, des ressorts et des élastiques : un super matériel. Il est l'inventeur de la balance à ressort, qui a rendu possible la fabrication des montres. Il a établi une théorie de la combustion des dizaines d'années avant les autres. Il a inventé le baromètre, la lentille optique, le microscope et le joint universel. Il a été l'un des premiers à mesurer avec précision la pression atmosphérique, à observer des éléments invisibles à l'œil nu et à mesurer des quartiers entiers de Londres, ce qui a permis de rebâtir la ville après le grand incendie de 1666. Il a aussi étudié l'élasticité, mais là, je n'ai pas tout compris.

L'une des citations les plus célèbres d'Isaac Newton est tirée d'une lettre qu'il a écrite à Robert Hooke : « S'il m'a été donné de voir plus loin que les autres, c'est parce que j'étais monté sur les épaules de géants. » Voilà donc ce qu'Isaac Newton, qui a élaboré la loi de la gravitation, pensait de Hooke. Pas mal.

Isaac Newton est encore plus génial que je l'imaginais. Une journée ne suffirait pas pour établir la liste de ses découvertes et inventions. De la gravitation universelle à la notion de vitesse de la lumière, Newton a été à l'origine de nombreuses découvertes révolutionnaires. Pas étonnant qu'on l'ait surnommé « le Père de la science moderne ».

Reste le troisième, Robert Boyle, qui s'est révélé de loin le plus intéressant.

Commençons par ses cheveux :

Waouh! Ce type avait du culot! Oser se promener dans Londres avec un look pareil! Parmi les nombreux modèles de perruques proposés par les perruquiers, il a choisi le plus voyant.

Robert Boyle était un savant très pieux. Ses croyances religieuses sont sans doute ce qui l'a rendu unique. Non que les autres scientifiques de son temps aient été dépourvus de foi, mais Boyle était autant chrétien qu'homme de science. Qu'il ait su associer les deux fait de lui une des grandes figures de son époque. Il admirait la création et faisait de l'étude des sciences naturelles une sorte de culte. Selon lui, le seul moyen de découvrir l'œuvre de Dieu était de l'étudier. D'une certaine façon, je partage cette idée.

D'après ce que j'ai compris, il était un peu cinglé. Ses écrits sont aussi brouillons que riches d'invention. S'il avait eu une voiture, il aurait été du genre à en perdre sans cesse les clés. Il réfutait systématiquement les théories des autres scientifiques. Bien qu'il ait eu le plus souvent raison, il passait aux yeux de beaucoup pour un « monsieur-je-sais-tout ».

Il était scandaleusement aisé, son père étant l'un des hommes les plus riches d'Irlande. Son titre officiel était, si je ne me trompe pas, « grand comte de Cork ». Cork est une ville d'Irlande. Quoi qu'il en soit, Boyle pouvait se permettre d'embaucher des assistants. Robert Hooke a été l'un d'eux. L'étude des gaz et des pompes était une idée de Boyle, mais c'est Hooke qui a mené la plupart des expériences.

On considère Robert Boyle comme le plus grand chimiste de son temps ; il est donc d'autant plus intéressant qu'il ait été également alchimiste. Oui, vous avez bien lu. Robert Boyle s'adonnait à l'alchimie ! Pas en amateur. C'était chez lui une véritable obsession. Apparemment, Isaac Newton s'y intéressait aussi. Mais Boyle était un chercheur de premier plan dans cette science très particulière. Et, même s'il est plus difficile de trouver des liens entre Robert Hooke et l'alchimie, quelque chose me dit que tous les trois travaillaient ensemble en secret.

L'alchimie a toujours été contestée, considérée comme une déviance de la véritable chimie.

Au temps de Boyle, elle était associée à une pratique magique, consistant à allier différents métaux pour produire des résultats étranges. Ce n'était pas une science « sérieuse ».

Nous arrivons là au point le plus intéressant, qui donne tout son sens à l'apparition de ces trois noms dans la pièce secrète de la société du Crâne.

Robert Boyle a rédigé en secret un traité qui n'a refait surface que longtemps après sa mort. Il n'était pas destiné à être publié, mais il l'a été. Il s'intitule « De la dégradation de l'or provoquée par un anti-élixir ». Si on en croit cet écrit, Boyle avait fait une découverte remarquable, mais pouvant avoir des conséquences quelque peu effrayantes.

Il était sur le point de trouver comment transformer l'or en autre chose.

Imaginez ! Vous travaillez sur une drague qui extrait de l'or et vous avez le moyen de cacher cet or en le transformant, puis d'en faire de nouveau de l'or.

Imaginez que ce soit possible! Que Boyle, Hooke et Newton aient réussi cette manipulation et n'en aient rien dit! Que quelqu'un, dans notre petite ville, ait découvert leur secret!

Ça expliquerait pourquoi tant de membres de la société du Crâne ont été retrouvés morts et pourquoi l'un de ces morts ne veut pas quitter la drague.

Mercredi 22 septembre, 21 h 10

Je suis posté à la fenêtre de ma chambre, d'où je regarde disparaître le dernier rayon de soleil. L'été s'achève. Il n'y a pas si longtemps, il faisait encore jour jusqu'à 22 heures.

Plus maintenant.

Maman est rentrée à 18 heures et m'a préparé à dîner. Ce n'était pas aussi mauvais que je le craignais. Mais bon, difficile de rater des spaghettis avec de la sauce en boîte! On s'est assis tous les deux à la table de la cuisine sans attendre papa et Henry.

— Ils ne rentreront pas dîner, hein? a dit maman.

Elle enroulait des spaghettis sur sa fourchette.

— À ta place, je ne compterais pas sur eux.

La maison était tranquille en l'absence d'Henry. Je commence à penser que je la préfère comme ça. Ça me fatigue de devoir toujours prendre part aux conversations. Maman et moi avons peu parlé, et ça me convenait. Elle m'a interrogé sur ma journée. Je lui ai raconté que j'avais passé une bonne partie de mon temps au café, à écrire et à dessiner.

— Ça m'a fait du bien de sortir, ai-je ajouté. Mais j'ai hâte de retourner en classe. Cette ville est sinistre, dans la journée, il n'y a personne dans les rues.

Maman a souri. J'étais content de lui laisser penser que je voulais reprendre ma vie ordinaire de lycéen ordinaire, ce dont je ne suis pas du tout sûr. Je vais être assailli de questions à propos de mon accident. Je n'aime pas être au centre de l'attention.

Papa et Henry ont enfin fait leur apparition aux alentours de 20 heures, prétendant l'un et l'autre avoir attrapé le plus gros poisson, et aussi puants que s'ils ne s'étaient pas douchés depuis un mois.

— On meurt de faim ! s'est exclamé Henry. Qu'est-ce qui mijote ?

— Ce qui mijotait a été mangé, a répliqué maman. Débrouillez-vous.

Les deux hommes se sont regardés. Ils ont haussé les épaules et se sont emparés d'un paquet de biscuits. Deux vieux copains dans une cuisine se préparant le plus simple des repas. Je n'avais jamais autant envié leur complicité.

— J'ai passé pas mal de temps dehors, aujourd'hui, ai-je dit. Je suis fatigué.

Je n'avais pas l'intention de me montrer désagréable, d'autant qu'Henry part demain, mais ils formaient visiblement un petit club d'où les autres étaient exclus.

— Tu es sûr que tu ne veux pas un gâteau ? m'a demandé Henry. Je pourrais te raconter mes exploits d'aujourd'hui.

— Je croyais que tu voulais aller chez Gérald ? est intervenu papa.

Henry a hoché la tête avant d'ajouter :

— Gérald peut attendre. Il se couche toujours tard.

Gérald est un autre vieil ami d'Henry. Il habite dans la ville voisine — dont la particularité est d'avoir été la dernière agglomération des États-Unis d'Amérique à être équipée du téléphone. Elle est encore plus isolée que

Skeleton Creek. Gérald est âgé et il ne va plus à la pêche, mais Henry lui rend visite au moins une fois lors de ses séjours ici. Depuis qu'il est arrivé, la pêche a été si bonne qu'il a repoussé ce moment le plus possible.

Henry a insisté pour que je reste un peu, et papa l'a appuyé. Je me suis donc assis avec eux sous le porche pendant une heure, exagérant de minute en minute mon air fatigué. Je suis sûr que maman en a profité pour vérifier mon ordinateur.

Henry a fini par se lever pour se rendre chez Gérald, et j'ai pu monter de bonne heure, juste avant le coucher du soleil, sans qu'ils protestent.

À 21 heures précises, j'ai ouvert ma boîte mails. Rien. Puis, à 21 heures 01, un message de Sarah. Je l'ai imaginée assise devant son ordinateur comme moi devant le mien. Pendant ces quelques secondes, nous avons été reliés l'un à l'autre. Son message s'est affiché sur mon écran, ça avait quelque chose de magique, et Sarah m'a manqué plus que jamais.

Quelle chance que tu sois resté au café ! Sans toi, les choses se seraient passées sous notre nez sans qu'on en sache rien ! Ça y est, Ryan. Un événement important se prépare, et on va tout savoir.

Je pense pouvoir m'introduire chez le Dr Watts à l'heure où la réunion aura lieu.

Tu sais quoi ? Mes parents sont sortis ! Ils devraient être revenus dans une demi-heure. Je me montrerai dès leur retour, pour qu'ils pensent qu'il n'y a rien d'anormal. Si tout va bien, à 23 heures ils seront endormis, et j'irai droit à la salle des fêtes de Longhorn, puis chez le Dr Watts. Celui-là, il cache quelque chose, j'en suis sûre, et j'ai une chance de découvrir quoi. Comme il ne pourra pas être à deux endroits en même temps, il ne sera pas chez lui, n'est-ce pas ? Il faut seulement que je réussisse à pénétrer dans sa maison.

La bande, dans la caméra que je placerai à Longhorn, dure 90 minutes. Espérons que ça sera suffisant pour filmer toute la réunion des membres du Crâne. Je déclencherai l'enregistrement aussi près que possible de minuit.

Maintenant, la meilleure nouvelle : je te transmettrai tout en direct. Comme je ne pourrai pas assister à la réunion, j'utiliserai mon autre caméra – celle que j'avais emportée à la drague. Connecte-toi à mon site à 23 heures 30, si tu peux. C'est l'heure à laquelle je commencerai à filmer. Assure-toi seulement que personne ne te surprenne.

Mot de passe : MARYSHELLEY.

J'ai peur, je suis excitée. Ça va être formidable !

Sarah

J'ai peur pour elle.

Vraiment peur.

On ne devrait peut-être pas faire ça.

Mercredi 22 septembre, 23h10

Je me sens comme un prisonnier en liberté conditionnelle. Ça me rappelle la nuit où on est retournés à la drague pour se retrouver piégés dans la pièce secrète.

Je déteste cette impression de n'avoir plus aucun contrôle sur les événements.

Je ne peux que regarder un écran pendant que ma meilleure amie s'introduit par effraction dans deux endroits différents.

Et si elle se fait prendre? Une alarme peut se déclencher dans la maison du Dr Watts, elle peut se retrouver enfermée dans le sous-sol de Longhorn. C'est tout à fait possible.

Et je serai coincé ici, témoin impuissant de la catastrophe.

Le mot de passe, MARYSHELLEY, m'a donné envie de relire mon exemplaire de « Frankenstein » pour passer le temps.

Incroyable, le nombre de notes que j'ai gribouillées dans les marges de ce vieux livre de poche! Des questions, des commentaires. J'ai corné une trentaine de pages. Je les ai parcourues une à une, relisant les passages sur-lignés et mes notes.

« Seuls ceux qui se sont consacrés à la science peuvent comprendre la fascination qu'elle exerce sur l'esprit. » Une phrase frappante, pour quelqu'un qui vient de passer une journée en compagnie de Newton, de Hooke et de Boyle !

« Je fuyais ma créature comme si j'étais coupable d'un crime. » Je comprends ça, docteur Frankenstein !

Deux ans après avoir fabriqué le monstre, Frankenstein découvre que celui-ci a tué son jeune frère. Il commence alors à devenir fou. J'ai écrit dans la marge : « N'avait-il donc jamais imaginé de quoi sa créature serait capable ? » Une sacrée bonne question, à mon avis ! Plus loin, à propos du personnage de Frankenstein, j'ai griffonné : « Il paraît convaincu que la justice prévaudra. » Avait-il raison ou tort de faire ce qu'il a fait ?

J'ai couvert ce livre de notes dans tous les sens, tant les questions que l'histoire suscitait dans mon esprit étaient nombreuses. Les marges sont pleines d'autres griffonnages : « Que leur a-t-il dit? Il a joué avec le destin et le pouvoir. La mort et l'innocence, voilà ses obsessions. N'avait-il jamais peur? Moi, j'ai peur tout le temps. C'est le Diable, j'en suis sûr. C'est la souffrance qui le pousse. Il a tué par accident. Le monstre est innocent parce qu'il est sans remords. La pomme et l'ange. Abandonné. Seul. Immortel. Quel est ce bruit? »

En relisant ces notes, je comprends pourquoi tant de gens s'interrogent à mon propos. Mes parents craignent sans doute que je devienne une sorte de marginal, incapable de côtoyer les autres, le nez toujours fourré dans un bouquin ou griffonnant sur un cahier. Le plus bizarre, c'est que je n'ai aucun souvenir d'avoir écrit tout ça. Je l'ai peut-être fait la nuit, dans mon sommeil, au lieu de gribouiller sur les murs.

Il est 23 h 30. C'est l'heure.

sarahfincher.fr
Mot de passe :
MARYSHELLEY

Mercredi 22 septembre, 23 h 31

Rien. L'écran reste noir.

Elle n'est pas là.

Je me demande quand mon père va s'en aller et si ma mère sait qu'il doit sortir.

Il ne devrait pas tarder.

Il est peut-être déjà parti.

Mercredi 22 septembre, 23 h 32

Toujours rien.

Ça m'inquiète un peu.

Où est-elle?

Mercredi 22 septembre, 23 h 35

Toujours aucune image de Sarah.

Est-ce que je dois prévenir quelqu'un ?

Sa caméra ne fonctionne peut-être pas.

Je ne sais pas quoi faire.

Je vais regarder mes mails.

Mercredi 22 septembre, 23h37

Elle a envoyé un mail !

Je ne fais plus confiance à MARYSHELLEY comme mot de passe. Je crois que quelqu'un a tenté de s'introduire dans mon site. Bonner ? Ton père ? Mes parents ? Peu importe. Plus de MARYSHELLEY. J'ai renforcé ma sécurité. Les fouineurs seront mis à la porte et infestés par un vilain virus. Qui qu'ils soient, ils n'y reviendront pas. J'ai perdu quelques minutes, je ne serai donc pas prête avant 23 heures 40.

Nouveau mot de passe : VIEUXMARIN

S.

Encore trois minutes à attendre.

« Le dit du vieux marin ». Je me demandais quand elle l'utiliserait.

Sarah et moi étions dans la même classe de littérature, l'an dernier, et, je ne sais pas pourquoi, j'ai été obsédé par ce poème de Coleridge. Elle le détestait, le trouvant verbeux et difficile à comprendre. Moi, je l'adorais. Sans doute à cause de l'impression de tristesse et de solitude qu'il dégage.

C'est l'histoire d'un homme qui, à la suite d'un mauvais choix, s'égare et ne retrouve jamais son chemin.

J'entends mon père descendre discrètement les escaliers.

La salle des fêtes de Longhorn n'est qu'à dix minutes à pied.

Sarah a intérêt à se dépêcher.

sarahfincher.fr
Mot de passe :
VIEUXMARIN

Jeudi 23 septembre, 00h42

Bon. J'appelle la police.

Jeudi 23 septembre, 00h43

Je ne peux pas.

Je ne sais pas pourquoi.

Je ne peux pas, c'est tout.

À qui d'autre demander de l'aide?

Même si mon père était à la maison, je ne lui ferais pas confiance.

Et ma mère? Ou bien elle est complice depuis le début ou bien elle ignore tout. Je ne veux pas la mêler à ça.

J'aurais à peine prononcé le nom de Sarah qu'elle piquerait une crise.

Henry. Henry m'aiderait. Il comprendrait.

Je vais descendre.

Jeudi 23 septembre, 1h12

Il y a une demi-heure, j'ai descendu les escaliers sur la pointe des pieds et je me suis planté devant la porte d'Henry. J'étais là, le poing levé, prêt à toquer, quand il est arrivé une chose des plus bizarres. Les coups ont retenti, alors que je n'avais pas bougé la main. Pas de doute, je déraillais. J'écris sur les murs, je vois des fantômes. Et maintenant, j'entendais des coups sur une porte que je n'avais pas touchée.

Or, ça ne venait pas de la porte en face de moi, mais d'une autre, derrière moi. Celle de l'entrée.

Quelque chose, dans ces tapotements, m'a donné envie de grimper l'escalier en vitesse et de m'enfermer dans ma chambre. Je n'ai pas osé me retourner. Une sueur froide m'a mouillé le front. Je la sentais rouler sur ma peau, comme du sang coulant de mille petites coupures. C'était un gros corbeau noir tapant du bec contre la porte. Ou bien c'était le vieux

Joe Bush. Il s'était débarrassé de ma meilleure amie; à présent, il venait me chercher.

— Ryan? C'est toi?

J'ai pivoté d'un coup, et j'ai vu une silhouette dans l'entrée. Heureusement, je connaissais bien cette voix.

Sarah.

Je ne m'étais encore jamais déplacé aussi vite et aussi discrètement à la fois. En deux secondes, j'étais sous le porche, serrant Sarah dans mes bras. Elle tremblait comme si elle venait de sortir d'un lac gelé.

Nous avons chuchoté dans l'ombre, et je croyais à chaque instant voir ma mère surgir et nous surprendre.

— J'étais complètement chamboulée, après avoir découvert le corps du Dr Watts, m'a-t-elle dit. Ce qui me guettait dehors s'est sauvé vers la gauche. Alors, je suis repartie par le même chemin que j'avais pris à l'aller. J'ai couru comme une folle dans la nuit.

— Mon père va rentrer d'une minute à l'autre.

— J'ai regardé derrière moi, il n'y avait personne. Même pas de fantôme. Rien que du noir.

Sarah était sous le choc. Elle n'était plus elle-même. Tel un robot, elle a repris son récit d'une voix hachée. On ne pouvait pourtant pas rester sous ce porche, serrés l'un contre l'autre.

— Sarah... mon père, ou même ma mère... ils vont nous surprendre.

— Je passerai un coup de fil anonyme demain, depuis le lycée, pour qu'on trouve le cadavre.

— Tu n'as rien, c'est le principal. Tu sauras rentrer chez toi toute seule?

Je n'osais imaginer les conséquences si on nous surprenait. Mes parents m'ont tant de fois menacé de déménager si on ne gardait pas nos distances. Il fallait qu'elle parte.

Sarah a fouillé dans la poche de son jean.

— Le Dr Watts pensait apporter ça à la réunion du Crâne. Prends-le, tu veux bien? C'est sûrement important.

Je n'avais aucune envie de prendre cette enveloppe, mais je devais renvoyer Sarah chez elle. Mon père allait surgir d'une seconde à l'autre. Il arrivait de Main Street, je le sentais.

– Il faut que tu partes, ai-je insisté en prenant l'enveloppe et en guidant Sarah vers les marches du porche.

J'avais l'impression de la pousser au bord d'une falaise. Je n'avais même pas remarqué qu'elle tenait sa caméra, comme un appendice de métal au bout de sa main. Elle l'a si souvent avec elle que je n'y fais plus attention.

– J'irai rechercher mon autre caméra à Longhorn plus tard, vers 4 heures, avant qu'il fasse jour.

J'étais inquiet pour elle, après ce qu'elle venait de voir.

– Va plutôt dormir un peu. Tu es secouée.

Elle m'a jeté un regard absent, et j'ai cru qu'elle allait tomber.

– Gladys, ton père et Daryl Bonner. Les seuls qui restent. Je me demande ce qu'ils vont se dire.

– Ne retourne pas là-bas cette nuit. Promets-moi d'aller dormir.

Elle n'a pas répondu. Elle s'est éloignée, et l'obscurité l'a avalée.

— Ne fais pas de bruit, lui ai-je encore lancé. Tu vas peut-être croiser mon père.

Jeudi 23 septembre, 1h31

Un bon minutage, c'est essentiel quand on trompe ses parents. Qu'ils vous surprennent au mauvais moment, et c'est la catastrophe. Les avertissements se succèdent jusqu'à ce que l'inévitable se produise. La vérité finit par éclater. La seule question est: quand?

Je suis remonté dans ma chambre, l'enveloppe serrée dans ma main moite, mon journal caché sous mon pull, sans qu'Henry se soit manifesté. Mais, à l'étage, quelqu'un m'attendait devant la porte de ma chambre.

J'ai eu si peur que j'ai failli me précipiter dans l'escalier en appelant Henry à l'aide.

Puis j'ai reconnu maman. La situation n'était pas brillante, mais ça valait mieux que de se retrouver face à un tueur.

— Qu'est-ce qui se passe dans cette maison? a-t-elle grommelé.

— Je suis descendu à la cuisine boire un verre d'eau, ai-je prétexté.

J'en ai assez de mentir sans arrêt. Ça me vient de plus en plus spontanément. Mentir sur commande n'est pourtant pas un talent que je désire cultiver, croyez-moi !

— Tu as vu ton père, en bas ?

C'est là que le minutage dont j'ai parlé a joué son rôle, car, au même instant, j'ai entendu grincer la porte d'entrée. Papa rentrait. J'en ai déduit que maman ignorait qu'il était sorti. Mais c'était son problème, à présent, pas le mien.

— Va te coucher, m'a-t-elle dit.

Elle s'imaginait sans doute que papa était parti en douce avec Henry pour une dernière balade entre copains. Peu importe. Tout ce qui compte, c'est que je n'étais plus son centre d'intérêt.

Je suis de retour dans ma chambre, derrière ma porte fermée. Je détiens une enveloppe destinée à être apportée à une réunion secrète du Crâne, et qui n'y est jamais arrivée.

Jeudi 23 septembre, 7h15

J'ai fait un rêve horrible, cette nuit. Le Dr Watts n'était pas mort ; il dormait. Au moment où Sarah entrait, il s'asseyait. Le rocher bleu lui avait servi d'oreiller. Il le soulevait au-dessus de sa tête.

— Tu n'as pas le droit d'être ici.

En entendant cette voix, Sarah se retournait, et le Dr Watts lui fracassait la tête avec le rocher. La pierre bleue devenait rouge...

Et je me suis réveillé.

Après ça, j'ai mis longtemps à me rendormir. Un silence inquiétant régnait dans la maison, le genre de silence qui m'oblige à tendre l'oreille pour capter le moindre son. C'est une mauvaise habitude, car à force d'écouter, on finit par percevoir des choses. Je croyais entendre mon père chuchoter. Juste à côté de moi, dans ma chambre. Et j'étais presque sûr d'entendre le crissement d'un marqueur écrivant sur le mur. J'étais peut-être dans un demi-sommeil. Je ne sais pas.

Je suis soulagé qu'il fasse enfin jour.

Je n'ai pas de message de Sarah. Sans doute a-t-elle écouté mes conseils, laissé la caméra à Longhorn et fini par aller dormir. Je parie qu'elle s'est écroulée en rentrant chez elle et qu'elle a oublié de mettre le réveil. Elle devait être épuisée.

Néanmoins, ça me tracasse qu'elle ne m'ait pas fait signe. J'ai vu le fantôme de Joe Bush, comme elle. Je le soupçonne d'avoir quitté la drague pour venir ici. D'être entré dans ma chambre pendant que je dormais.

Bien sûr, c'est elle qui a découvert un cadavre, pas moi.

Et si elle n'était jamais rentrée chez elle, la nuit dernière?

Si elle s'était trouvée en face de ce... je ne sais quoi qui apparaît sur sa vidéo?

Je n'aurais pas dû la laisser repartir seule, dans le noir.

Un véritable ami l'aurait raccompagnée chez elle.

Non, elle va bien.

Elle est probablement en route pour le lycée.

Et elle serait probablement furieuse contre moi si elle savait que je n'ai pas ouvert l'enveloppe.

J'avais trop peur, la nuit dernière, pour le faire.

Avant, je vais prendre le petit déjeuner.

Jeudi 23 septembre, 10 h 00

J'ai besoin d'un temps de réflexion avant d'ouvrir l'enveloppe. Les éléments commencent à s'imbriquer.

Récapitulons :

La nuit dernière, on était mercredi jusqu'à minuit. Puis c'était jeudi. Les membres de la société du Crâne se sont réunis juste après minuit.

Henry doit partir dans quelques heures, ce jeudi. Tout va redevenir affreusement tranquille, ici. Heureusement que je retourne au lycée lundi.

Le journal de ce matin annonce que la démolition de la drague a encore été repoussée. Sa « destruction par le feu » est programmée pour samedi après-midi. Ce qui nous donne encore deux nuits pour nous y introduire. Ensuite, personne ne visitera plus jamais la drague.

Selon moi, tout est lié : la réunion du Crâne, la mort du Dr Watts, la destruction de la drague, le départ d'Henry, le retour de la tranquillité, ma reprise des cours. Et Bonner, là-dedans ? Il est mêlé à tout ça d'une manière obscure, j'en mettrais ma main à couper. J'ai hâte d'entendre ce qu'il a dit à la réunion.

Maintenant, l'enveloppe.

Jeudi 23 septembre, 10 h 24

Je vais coller ces documents ici aussi soigneusement que possible, parce que je ne sais pas quoi faire d'autre avec des informations de cette importance. Le contenu de l'enveloppe pourrait me mettre en danger de mort. D'un côté, je voudrais que Sarah ne l'ait jamais trouvée et que je ne l'aie jamais ouverte. D'un autre, je comprends que nous sommes à deux doigts de percer le passé secret de la drague. Et c'est la chose la plus intéressante, la plus excitante qui me soit jamais arrivée. Ça pourrait bien être encore plus incroyable que Sarah et moi l'avons imaginé.

L'enveloppe contenait trois morceaux de papier que j'ai scannés et imprimés :

NOTES POUR LA RÉUNION :

— LA FORMULE DE BOYLE

— J.B. : JUGEMENT ET AMENDEMENTS

— FINALITÉ DU CODE

— MÉTHODE POUR RÉCUPÉRER LES FONDS

CONTROVERSE SUR LA PUBLICATION
DES «PAPIERS PERDUS» DE BOYLE

LONDRES – Robert Boyle, l'homme de science britannique (1627-1691), souvent considéré comme le père de l'investigation scientifique employée par pratiquement tous les chercheurs actuels, vient de voir quelques-uns de ses travaux les plus ésotériques révélés au grand jour avec la publication de textes jusqu'alors inconnus.

Ces documents révélant que Boyle s'est mêlé d'alchimie pendant de nombreuses années vont être publiés ce mois-ci par le prestigieux département éditorial du *Scientific Quarterly*.

Ils relatent les recherches effectuées par le savant pour transmuter l'or en d'autres métaux précieux ou non précieux, et inversement.

Les historiens britanniques ont réagi très négativement, sommant le *Scientific Quarterly* de renoncer à cette publication afin de «protéger la renommée de Sir Boyle».

La formule alchimique de Boyle pour séparer et liquéfier l'or, telle qu'elle a été testée et rectifiée par Joseph Bush et Ernest Watts.

Préparez une pâte en mélangeant à parts égales de l'antimoine et de la stibine, en prenant soin de protéger vos mains. Laissez-la se liquéfier et distillez-la. Versez le liquide obtenu dans un récipient non poreux (attention à l'alcalinité !). Il perdra ses propriétés au bout de 30 minutes, il faut donc travailler rapidement.

Placez les pierres ou les minerais susceptibles de renfermer de l'or dans ce liquide et fermez hermétiquement. (À ce stade, attention à ne pas inhaler les vapeurs !) Au bout de 20 à 25 secondes, ouvrez le récipient. Les pierres apparaîtront couvertes d'une poussière blanchâtre, rappelant le sel d'ammonium stabilisé.

Transférez les pierres dans un récipient d'eau distillée (la distillation doit être parfaite). L'eau prend aussitôt une couleur gris sombre. Laissez reposer au moins 50 secondes (mais pas plus de 80 secondes) et filtrez à travers une mousseline.

L'or restera dans le filtre, sous forme granuleuse.

Réduisez en fine poudre une petite mesure de ces grains aurifères, ajoutez une goutte du liquide obtenu lors de la première opération, et versez dessus les granulés d'or. L'or va se liquéfier à ce contact si on travaille à une température comprise entre 39 et 97 degrés Fahrenheit, et restera liquide pendant 17 minutes. Il peut alors être versé dans un moule. Patientez 30 minutes avant de démouler le lingot d'or.

Donc, si je comprends bien, en tentant de transformer l'or en un métal différent, Robert Boyle a fait une découverte inattendue. C'est fréquent, dans les expériences scientifiques, je suppose, de chercher une réponse et d'en obtenir une autre. Si Boyle n'a jamais réussi à changer le cuivre en or ni l'or en fer, il a obtenu un résultat très intéressant. Il a trouvé comment séparer facilement et rapidement l'or de toute autre matière, de sorte que les particules d'or prisonnières de la roche soient libérées et purifiées. De plus, il a imaginé un moyen chimique de liquéfier l'or. Les particules d'or liquéfiées peuvent être ensuite rassemblées en plaques sans qu'il soit nécessaire de les chauffer. Tout se fait grâce à l'alchimie, et cette découverte est restée secrète, même après la publication des écrits de Boyle.

Le Dr Watts et Joe Bush ont trouvé une application pratique aux idées de Boyle. Le Dr Watts dirigeait les expériences, tandis que Joe Bush testait la méthode sur la drague.

En fait, Joseph Bush était bien plus intelligent qu'on ne le supposait.

Les documents ne donnent aucune information sur un usage actuel de ces théories, ce qui me laisse face à une série de questions. La société secrète a-t-elle découvert le procédé? Joseph Bush l'a-t-il utilisé, s'attirant ainsi la haine des autres membres de la société? Les membres du Crâne ont-ils volé une partie de l'or extrait par la drague? Si oui, qu'en ont-ils fait? Et pourquoi tant de membres de la société sont-ils morts? Se sont-ils entretués pour découvrir ce que Joseph Bush cachait — et où il le cachait? À moins que l'assassin ne soit quelqu'un d'extérieur à la société du Crâne?

Au-dessus des révélations sorties de la mystérieuse enveloppe plane le fantôme de Joe Bush. Il veut se venger, et, je ne sais pour quelle raison, Sarah et moi sommes dans son collimateur.

Jeudi 23 septembre, 12 h 13

Comme prévu, Henry est parti ; ça me déprime.

Le calme est retombé.

Il a dit n'avoir jamais eu autant envie de rester.

— J'aurais voulu les voir détruire enfin cette chose. Ça va faire un sacré feu de joie. J'espère que vous avez une bonne équipe de pompiers, dans le coin.

Ça m'a fait penser à Sarah, dont le père est pompier volontaire. Il sera aux premières loges avec ses collègues, quand la drague brûlera.

Nous permettra-t-on d'assister à ça, Sarah et moi ? Si oui, serons-nous capables de rester là, l'un à côté de l'autre, tandis que le fantôme de Joe Bush disparaîtra en fumée ?

Je parle de lui comme s'il n'était pas mort. Il y a tant de questions que j'aimerais lui poser.

— Demande à Sarah de filmer pour moi, d'accord ? a ajouté Henry en me donnant une bourrade.

Il oubliait que je n'ai pas le droit de lui parler. Je crois qu'il faisait de son mieux pour dominer la tristesse du départ. L'instant d'après, il était parti, avec son grand chapeau de cow-boy. Il retourne à New York. Nous ne le reverrons que l'an prochain.

Pour couronner le tout, je n'ai toujours aucune nouvelle de Sarah. J'ai peur qu'il lui soit arrivé quelque chose.

Mais ses parents auraient téléphoné.

Allez, elle est au lycée. Elle me contactera cet après-midi, j'en suis sûr.

Jeudi 23 septembre, 16h13

Papa a emmené Henry à l'aéroport, et maman est à son travail. La maison est TROP silencieuse. J'ai porté l'enveloppe au rocher bleu pour que Sarah puisse lire les documents. En revenant, je me suis arrêté au café. J'ai pris un café avec une part de tarte, et j'ai observé la bibliothèque pendant une heure. À mon retour, j'ai regardé une émission de jeux télévisés, et je me suis endormi dehors, sur le vieux canapé du porche.

Il est presque 16 heures 30. Sarah devrait m'avoir envoyé un message, à cette heure-ci. Comment pense-t-elle récupérer la caméra à la salle des fêtes de Longhorn? Qu'est-ce qu'elle fait? Elle sait pourtant qu'on n'a plus que deux nuits, c'est tout. Après, la drague aura disparu, et ses secrets avec elle.

Je tenterais bien de l'appeler, mais c'est trop risqué.

Je vais plutôt regarder la chaîne d'Histoire. Ça tuera le temps.

Jeudi 23 septembre, 20h13

Ça me rend dingue. Pas un appel, pas un mail, pas même un caillou jeté sur mon carreau ! Rien. Ambiance mortelle (cet adjectif est mal choisi). Mes parents ne disent pas grand-chose. Ils soufflent un peu après le départ d'Henry, tâchant de se réhabituer au silence. Moi ? Le silence m'étouffe ! Je ne supporte plus de rester seul, sans personne à qui parler.

Heureusement que je retourne au lycée lundi ! Et je discuterai avec Sarah autant que je le voudrai. On trouvera un moyen pour que nos parents ne l'apprennent pas.

Jeudi 23 septembre, 22 h 13

Daryl Bonner vient de passer. Il a du culot, ce type! Se pointer à 10 heures du soir chez les gens! On ne vient pas bavarder sous le porche des autres à une heure pareille!

J'ai descendu discrètement l'escalier pour écouter. Il ne séquestrait quand même pas Sarah? Les gardes forestiers n'ont pas le droit de kidnapper les gens, que je sache. C'est contraire à la loi.

En effet, il ne l'a pas enfermée. Mais il la cherche. Si je n'ai pas tout entendu, j'en ai surpris suffisamment.

— Avec la date de la mise à feu qui approche, je crains qu'elle ne s'introduise de nouveau dans la drague. Pourquoi? Aucune idée. Gardez Ryan à l'œil, d'accord? Je ne pense pas qu'il tente d'aller où que ce soit, mais, si elle mijote quelque chose, elle pourrait essayer de le contacter.

— Ne vous inquiétez pas, a répondu papa. Je surveillerai mon fils.

J'ai encore eu l'impression d'être en liberté conditionnelle.

De quoi se mêle-t-il?

Cela dit, je comprends ce qui rend mes parents si nerveux. À en croire Daryl Bonner, Sarah serait devenue incontrôlable et pourrait m'entraîner dans quelque folie. Aucun parent ne souhaiterait une amie comme elle pour son enfant.

S'ils savaient que je suis aussi impliqué que Sarah! Elle se balade, au vu et au su de tout le monde. Mais j'ai beau être confiné ici, je fouine autant qu'elle, à ma façon.

Vendredi 24 septembre, après minuit

Sarah est dehors, ce soir, j'en suis sûr, à la recherche de je ne sais quoi. Elle est retournée à Longhorn, ou chez le Dr Watts, ou à la drague.

Elle me tient à l'écart. Est-ce qu'elle ne me fait plus confiance? Je n'arrive pas à comprendre son attitude.

Je ne me suis jamais senti aussi seul.

Vendredi 24 septembre, 6 h 15

Alléluia! Elle m'a envoyé un mot de passe!

sarahfincher.fr
Mot de passe :
GEORGELUTZ

Vendredi 24 septembre, 8h15

Je sais maintenant pourquoi elle ne donnait pas signe de vie. Elle ne m'en voulait pas, elle a toujours confiance en moi. Tout est comme avant entre nous. Ouf!

Et le film?

Nous avons toutes les pièces en main, à présent.

Et elle a raison : c'est notre dernière chance.

Il faut que je sache : quel rôle joue mon père là-dedans? Et quel rôle joue Joe Bush?

J'ai la journée devant moi pour comprendre quel cauchemar se prépare. Sarah elle-même a peur, ce qui m'effraie encore davantage. J'essaie de me mentir à moi-même. J'essaie de me persuader que notre dernière incursion dans la drague n'a pas été si épouvantable. Et ma curiosité est la plus forte.

Qu'est-ce qui se cache là-bas?

Sans doute une chose capitale.

La preuve d'un meurtre, par exemple.

Ou une planque remplie d'or.

Vendredi 24 septembre, 8 h 23

900 dollars l'once!

S'il y a seulement une livre d'or au fond d'une grotte, quelque part dans la montagne, elle vaut 15 000 dollars!

Je voudrais tant pouvoir faire confiance à mes parents! Et que le garde forestier ne soit pas un tel faux jeton!

Et plus encore, je voudrais que le fantôme de la drague n'existe pas.

Vendredi 24 septembre, 11h23

J'ai besoin de faire une sieste, je n'ai presque pas fermé l'œil de la nuit. Et la prochaine risque d'être blanche...

Vendredi 24 septembre, 15h15

À propos, ce mot de passe, GEORGELUTZ, est une sacrée trouvaille. Sarah a l'art de me terrifier. Ce qui s'est passé dans la maison d'Amityville est cauchemardesque. Il me semble avoir beaucoup en commun avec George Lutz. Je sais exactement ce qu'il ressentait.

Vendredi 24 septembre, 16h43

Daryl Bonner vient de frapper à la porte. J'ai tenté de lui faire croire que je n'étais pas là, mais il a hurlé mon nom, et ça m'a fait sursauter. Rien de tel que de laisser tomber une canette de soda pour révéler votre présence.

— Sors ! m'a-t-il lancé depuis la porte. Je veux juste te dire un mot.

Je vous jure, il se prend pour un officier de police ! C'est sans doute pour ça que je ne sais plus quel type d'autorité lui accorder. J'ai dû combattre l'impression qu'il allait me traîner en prison.

Quoi qu'il en soit, mon soda se répandait sur le carrelage de la cuisine. Je l'ai donc prié d'attendre. Quand je suis sorti sous le porche, il était planté là, les poings sur les hanches, le regard tourné vers Main Street.

— À partir de demain, a-t-il déclaré, on sera un peu plus en sécurité, par ici. Mais, cette nuit, c'est une autre affaire.

— De quoi parlez-vous ?

— Je parle de ta copine Sarah. Elle est assez fêlée pour tenter de se rendre là-bas encore une fois. Qu'est-ce qui vous intéresse tant, dans cette drague ?

Pensait-il vraiment que j'allais lui répondre ?

— Rien, ai-je dit. On s'ennuie, c'est tout.

— Je ne te crois pas.

— Je ne vois pas ce que vous voulez me faire avouer.

— Promets-moi seulement de ne pas sortir d'ici ce soir. Ce n'est pas trop te demander ?

Au point où j'en suis, mentir une fois de plus ne changeait pas grand-chose.

— Je vous le promets.

Il ne m'a pas cru.

— Fais-moi confiance, Ryan. Ne t'approche pas de la drague cette nuit. Reste chez toi.

Je l'ai imaginé tenant le même discours à Sarah. Elle mentirait, comme moi. D'ailleurs, de quel droit vient-il nous dicter notre conduite ? Il n'est pas gêné.

L'idée de Sarah — aller là-bas à 3 heures du matin — ne me paraît plus si folle. C'est notre dernière chance de pénétrer dans la drague, de descendre dans la pièce secrète et d'utiliser le code à cinq figures alchimiques sur le cryptex.

Vendredi 24 septembre, 21 h 45

Mes parents sont à la maison. Ils sont assis en bas, sous le porche. Je suis resté avec eux un moment, et on a bavardé. Papa était étonnamment loquace.

Je voudrais bien découvrir ce qu'il nous cache exactement.

Je voudrais être sûr que mon père n'est pas un assassin.

On a trouvé le corps du Dr Watts. Je ne sais pas si c'est à la suite d'un appel de Sarah ou de la visite d'un voisin. En tout cas, c'est un événement. (À Skeleton Creek, n'importe quel décès est un événement.) Papa n'a pas l'air particulièrement touché. Ni particulièrement coupable, d'ailleurs. Et, dans la vidéo de la nuit dernière, il n'avait rien d'un homme qui vient d'en tuer un autre. Donc soit il est innocent, soit c'est un excellent acteur. Je veux croire à la première hypothèse. Mais je redoute la seconde.

Pour une fois, mes parents se sont montrés un peu plus souples à propos de Sarah et de mon retour au lycée, comme s'ils comprenaient qu'on ne pourrait pas totalement s'éviter l'un l'autre. Impossible de ne pas échanger un regard ou un bonjour. Leur message était néanmoins très clair : m'en tenir au minimum, me concentrer sur mon travail. Et rentrer directement à la maison après les cours.

J'ai demandé à quelle heure la drague devait être brûlée. Tôt le matin, finalement, m'a dit mon père, vers 8 heures. Ça m'a contrarié, car ça signifie que beaucoup de gens se lèveront à l'aube. Tous voudront être aux premières loges pour assister au spectacle. Nous n'aurons pas beaucoup de temps pour entrer et sortir de la drague.

J'ai laissé mes parents en tête à tête et je suis monté me coucher.

Ils se parlent si peu, ces deux-là. Sans doute est-ce normal, après de longues années de mariage.

Pourtant, ce soir, ils paraissaient heureux. Surtout mon père.

Comme s'il ne portait plus le poids du monde sur ses épaules.

Vendredi 24 septembre, 23 h 13

Un mail de Sarah.

Samedi 25 septembre, 1h30

Au cas où je disparaîtrais, si quelqu'un entre dans ma chambre demain matin et trouve mon journal, le mot de passe est : NICOLASFLAMEL.

Vous n'aurez qu'à aller sur le site :

www.sarahfincher.fr

Et taper ce code.

Vous saurez ce qui nous est arrivé.

Rien d'autre à dire.

J'y vais, c'est l'heure.

sarahfincher.fr
Mot de passe :
NICOLASFLAMEL

Samedi 25 septembre, 9h30

C'était Henry.

Bonner a arraché le masque, et le visage d'Henry est apparu.

Je ne m'étais pas aperçue que la caméra ne tournait plus. J'étais sous le choc.

C'est Sarah qui écrit dans mon journal. On est de retour à la maison.

Vas-y, Ryan, finis de raconter, jusqu'au moment où j'ai remis la caméra en route.

Le plus frappant, lorsque mon père a découvert que son meilleur ami était dans la drague à 3 heures 30 du matin, n'a pas été son effarement. Bien sûr, il était effaré. Qui ne l'aurait pas été? Mais j'ai lu dans ses yeux quelque chose de pire. Il comprenait soudain qu'Henry nous avait mis en danger, Sarah et moi. Qu'il avait même tenté de nous faire du mal. Je voyais tourner tous les rouages de son cerveau.

Un fils sent ces choses-là.

Bonner a pris le pouls d'Henry. Il était en mauvais état, avait une jambe cassée, mais n'avait pas perdu connaissance.

Quand il a découvert les visages penchés sur lui, il a su qu'il était pris. J'ai vu que papa avait des envies de meurtre. Henry gisait là, avec sa jambe brisée, et il s'est mis à nier, à nier et à nier encore. Papa a secoué lentement la tête.

— Dis-moi la vérité, maintenant.

C'est ce qu'Henry a fini par faire. Il avait compris que c'était terminé. Après vingt longues années, il était prêt à révéler ses secrets. Garder ça pour soi si longtemps doit être exténuant.

Henry a parlé, papa a complété, puis Sarah ou moi, jusqu'à ce que tout soit enfin en place, chaque élément de cette histoire liée à la drague.

Henry était le seul, en dehors de Francis Palmer et de l'Apôtre, à avoir vu Joe Bush manœuvrer le levier qui ouvrait la pièce secrète. À cette époque, la drague était en activité ; elle

creusait ce qui est devenu la rivière. Henry soupçonnait les trois hommes de voler de l'or. Qui
n'aurait pas tenté le coup? D'autant que le travail d'Henry était justement de veiller à ce qu'il
n'y ait pas de vol. Personne ne sachant exactement quelle quantité d'or la drague extrayait
du sol, il était impossible d'estimer si une partie
était détournée. Henry devait tenir les suspects
à l'œil, et c'est ce qu'il a fait.

Au milieu d'une nuit caniculaire, un 14 août
(malgré la douleur, malgré l'heure tardive, il
se rappelait la date), Henry a traversé à la
nage le lac qui entourait la drague, dans le
vacarme de ses machines, et il est monté dessus.
Trempé de la tête aux pieds, il a vu le vieux Joe
Bush manœuvrer un levier qui ne semblait avoir
aucune utilité.

Ce qui me rendait le plus furieux, en écou-
tant son récit, était de comprendre qu'il n'a
jamais aimé Skeleton Creek ni aucun de ses
habitants. Du début à la fin, il nous a joué la
comédie. Ça, je ne le lui pardonnerai jamais.

Une seule chose le poussait à revenir ici chaque année.

En effet, Sarah. L'or.

Son unique but était de mettre ses sales pattes sur l'or.

Mais la pièce secrète n'était qu'un morceau du puzzle. Il lui en fallait bien davantage pour parvenir à ses fins, car le vieux Joe Bush était un malin, et lui, il aimait Skeleton Creek.

Ce n'est pas Henry qui nous a dit ça. On l'a compris ce matin. On a passé une nuit blanche avec le père de Ryan, qui s'est enfin décidé à tout nous raconter.

Oui. Pour protéger ses activités illicites, Joe Bush avait créé la société du Crâne quand la drague était en activité. Elle comptait trois membres, trois ouvriers de l'équipe de nuit : Joe Bush, l'Apôtre et Francis Palmer. Ils étaient les seuls à connaître l'emplacement — et l'existence — de la pièce secrète. Tous trois avaient juré de ne le révéler à personne. Ensemble, ils ont recruté par la suite le Dr Watts, Gladys Morgan et mon père, Paul McCray.

Le Dr Watts et Joe ont mis au point la formule pour fondre et purifier l'or. Mais le Dr Watts n'a jamais eu connaissance de la pièce secrète. Il ne s'occupait que de l'aspect chimique des choses et restait à l'écart du sale boulot consistant à voler de l'or. Joe n'avait donné la combinaison du cryptex qu'à mon père et à Gladys. Mais eux aussi ignoraient l'existence d'une pièce secrète et plus encore son utilité. Officiellement, l'objectif de la société du Crâne était de sauver l'environnement des destructions causées par la drague. Le moment venu, Joe aurait révélé ses secrets à tous les membres. Mais cela devrait attendre que la drague soit définitivement arrêtée.

Seul problème : le vieux Joe Bush avait beau être astucieux, il n'était pas à l'abri d'un accident. D'après Henry (mais dans quelle mesure peut-on le croire ?), il s'est bel et bien tué accidentellement. Le bas de son pantalon s'est réellement coincé dans les engrenages, qui lui ont

194

broyé la jambe. Puis le mécanisme l'a recraché dans l'eau, sous la drague, comme nous l'avions découvert.

Ça s'est passé dans la nuit qui a suivi la découverte par Henry de la pièce secrète.

Seul le vieux Joe Bush connaissait tous les éléments : l'existence de la cachette qu'il avait lui-même créée, son emplacement, la combinaison permettant de déverrouiller le cryptex et la formule alchimique pour transformer l'or.

Ne pouvant plus obtenir de réponse de Joe Bush, Henry s'est tourné vers Francis Palmer et il l'a menacé de licenciement. Mais Francis n'avait pas plus d'informations qu'Henry. Il savait que Joe passait des heures dans sa pièce secrète. Il connaissait son emplacement. Rien d'autre.

Henry a interrogé Francis sans relâche et — prétend-il — l'a tué malencontreusement. La même chose est arrivée avec l'Apôtre.

Voici à peu près ce qu'Henry a déclaré :

— C'étaient des accidents ! Je n'ai jamais voulu tuer personne ! Je me suis bagarré avec

Francis, et il a fait une chute mortelle. Quant à ce fou d'Apôtre, je n'ai pas cherché à le noyer. Il s'est débattu et il est tombé à l'eau. Il faisait nuit, le courant l'a emporté. Ce n'est pas ma faute s'il ne savait pas nager.

À l'entendre, rien n'était de sa faute.

Après la mort de l'Apôtre, les membres de la société du Crâne encore vivants ne se sont plus manifestés pendant des années. Le Dr Watts, Gladys et mon père sont retournés à leurs occupations. Aucun d'eux ne connaissait l'existence de la pièce secrète. Ils soupçonnaient seulement que de l'or était caché quelque part, et que quelqu'un avait tué leurs amis pour découvrir où. Mieux valait oublier tout ça.

Depuis, chaque année, Henry revenait, à la recherche d'indices. Il était convaincu qu'une masse d'or attendait quelque part dans la montagne, et que le cryptex contenait une carte révélant l'endroit exact. Il ne lui restait qu'à trouver comment le déverrouiller sans qu'il explose.

Pendant un de ses séjours, des gamins sont venus fouiner autour de la drague, et il les a chassés. Il lui fallait un moyen d'éloigner les curieux. Il a donc inventé le fantôme de Joe Bush. À New York, il passait son temps à y réfléchir. Et chaque année, quand il revenait, il ajoutait un détail subtil à sa mise en scène. Haut-parleurs déclenchés par des interrupteurs cachés, capuchon et masque fluorescent, fils invisibles qui lui révélaient si quelqu'un s'introduisait dans la drague. Il s'était même taillé un raccourci à travers un taillis de ronces apparemment impénétrable.

Avec Sarah et moi, les choses ont commencé à changer.

J'étais particulièrement obstinée. Je voulais à tout prix découvrir ce qui se manigançait là-bas !

Ça oui, NOUS étions obstinés. Mais ce qui a mis la puce à l'oreille d'Henry, c'était un détail auquel je n'avais pas pensé avant qu'il y fasse allusion. Sarah filmait déjà la drague depuis des semaines avant de tourner la première vidéo qu'elle m'a montrée. Elle l'avait déjà explorée pendant des heures. Et c'est le plus effrayant dans cette histoire : Henry avait installé des caméras de surveillance à l'intérieur et à l'extérieur de la drague. Non seulement il visionnait ce qui se passait depuis un ordinateur portable, mais il pouvait aussi le faire depuis New York. Et il l'a fait. Des années d'observation de la drague l'ont transformé en virtuose de l'espionnage. N'importe qui passant dans les bois aux environs de la drague était repéré à New York. D'après ce que j'ai compris, des détecteurs de mouvements étaient enterrés dans le sol, à un pied de profondeur. Que quelqu'un marche dessus, et Henry était prévenu.

C'est ainsi que, bien avant d'arriver à Skeleton Creek, il avait vu Sarah avec sa caméra. Il l'avait vue farfouiller dans la drague à plusieurs reprises, filmant toutes sortes de choses. Il s'en est inquiété, assez pour élaborer dès son arrivée une mise en scène bien rodée, destinée à nous effrayer.

Henry prenait de plus en plus de risques, à cause du projet de brûler la drague.

En effet. Espérer que mon père lui livre des informations ne suffisait plus. Et, quand je lui ai appris que, contrairement à ce qu'il croyait, le Dr Watts n'était pas mort, il a prétexté une soirée chez Gérald, et s'est précipité chez le vieil homme.

Pour cette nuit-là aussi, il s'est trouvé une excuse :

— Je n'avais pas l'intention de le tuer. Je suis entré chez lui par effraction, c'est vrai. Et je l'ai interrogé. Je savais qu'il connaissait les réponses, mais le vieux bougre ne voulait rien me dire. Il m'a rendu fou, à rester fermé comme une huître. Je ne l'ai frappé qu'une fois. Il était plus fragile que je ne le pensais. C'est une crise cardiaque qui l'a tué, pas une pauvre petite bosse sur la tête.

Bref, selon lui, il n'était coupable de rien. Au moins, il ne se plaignait pas trop de ses propres blessures.

— C'est toi qui as écrit ces phrases sur mon mur ? ai-je demandé.

– Quelles phrases? De quoi tu parles? est intervenu mon père.

Toute cette affaire le rendait malade, mais l'idée qu'Henry ait pu s'introduire dans ma chambre a encore attisé sa colère.

Henry a baissé les yeux vers sa jambe cassée et n'a pas répondu. Il n'osait plus regarder mon père, et je ne suis toujours pas sûr qu'il soit l'auteur des graffitis dans ma chambre.

Il a fini par perdre connaissance. Bonner a appelé une ambulance pour le transporter à l'hôpital.

Et j'ai remis ma caméra en route.

La drague nous réservait encore une grosse surprise. Mais c'est plus facile à raconter en images que par écrit.

sarahfincher.fr
Mot de passe :
NEWYORKAISEORETARGENT

Mercredi 29 septembre, 16 h 30

Je suis de retour dans ma chambre, seul. Je reprends le récit des événements, et une conclusion s'impose.

D'une certaine manière, j'ai encore plus peur qu'au moment où tout a commencé. Il me semblait alors que le danger sourdait d'entre les pages d'un conte de terreur que j'avais inventé de toutes pièces. Certes, sur la drague, c'était terrifiant. Mais j'avais toujours cette vague impression d'être dans une histoire de fantômes.

Tout est différent, maintenant.

Henry erre quelque part dans le coin. On a ratissé les bois pendant plusieurs jours, sans résultat. Il avait prévu un moyen de s'enfuir en douce, c'est certain. Je me demande à quoi ressemble son appartement à New York, truffé de caméras pointées sur la drague, qui ont dû filmer notre découverte du trésor caché. Henry ne le sait sans doute pas, il a disparu. Impossible de le retrouver.

On l'a laissé blessé après l'avoir dépouillé de « son » or. Il nous hait. Et le pire, c'est qu'il doit me croire responsable de ses problèmes.

Je suis de nouveau en danger.

Je vais changer de sujet, je me sentirai peut-être un peu mieux.

Juste après que j'ai dégagé cette latte de plancher, sur la drague, et que j'en ai extrait le lingot d'or, Daryl nous a fait une révélation. Je me dis à présent qu'on aurait pu s'en douter dès le début, mais ça ne nous avait même pas effleurés.

— Vous ne savez pas qui je suis, n'est-ce pas ? nous a-t-il demandé.

Sarah a tout de suite réagi :

— Vous n'êtes pas membre de la société du Crâne. Vous n'êtes pas d'ici. Vous êtes venu à Skeleton Creek pour la première fois cet été. C'est vrai, ça, qui êtes-vous ?

— J'ai toujours pensé qu'il s'agissait d'un acte criminel. Toujours.

— Qui êtes-vous? a répété Sarah.

— J'ai grandi dans un orphelinat jusqu'à l'âge de douze ans. C'est alors que les Bonner m'ont adopté. Un an après, j'ai demandé à ce que l'on m'appelle par mon deuxième prénom, Daryl. Je voulais rompre avec le passé, prendre un nouveau départ.

— Quel est votre vrai prénom? a repris Sarah.

Elle ferait un bon reporter. Toujours prompte à poser des questions.

— Joseph. Je suis le fils du vieux Joe Bush.

Je me souviens avoir été pris de vertige, comme si le fantôme de Joe Bush s'était incarné dans son fils, décidé à nous glacer encore une fois d'épouvante. L'impression s'est dissipée, et, à mesure que Daryl continuait son récit, j'ai commencé à le comprendre. La drague lui avait pris son père; il avait apparemment perdu aussi sa mère très jeune; il avait eu une enfance douloureuse. Mais la curiosité l'avait emporté. Il s'était mis à chercher des réponses à ses questions, comme nous. Sauf que l'enjeu était beaucoup plus grave.

— Maintenant, je connais la vérité, a-t-il ajouté, le regard tourné vers l'entrée de la pièce secrète.

Ce n'est qu'après cette conversation que nous avons parlé du cryptex et des secrets découverts. Ainsi, Joe Bush avait liquéfié l'or et l'avait caché à l'intérieur du plancher, dans la drague elle-même.

Daryl a repris :

— J'aurais dû deviner qu'il inventerait un truc de ce genre. En ville, mon père était réputé pour son habileté. C'est pourquoi il avait été embauché pour travailler sur la drague. Il avait un vrai talent pour tout ce qui était moteurs, machineries et engrenages. C'était aussi un très bon charpentier. Il avait bâti la maison dans laquelle nous vivions. Je me souviens qu'il rapportait des planches de la drague, soi-disant pour les arranger avant de les replacer. Ça n'étonnait personne. Ça faisait partie de son travail. Tout ce qu'on savait, c'est qu'il restaurait le vieux plancher de la drague. Seulement, quand les planches repartaient là-bas, elles étaient évidées, prêtes à être remplies d'or pur. Mon vieux bonhomme de père était un malin.

Le schéma de la drague que nous avons découvert dans le cryptex est très détaillé. Il indique chaque planche sur les deux étages du bâtiment. Celles dans lesquelles Joe Bush a caché de l'or sont coloriées au crayon. Peu d'entre elles n'ont pas été remplies. En un mot, la drague est un vaisseau d'or. Elle recèle des lingots par centaines.

Un an après l'abandon de la drague 42 par la New-Yorkaise Or et Argent, la municipalité de Skeleton Creek l'a achetée pour un dollar symbolique. Il a été vaguement question de la transformer en musée ou en une sorte d'attraction touristique, mais le projet est resté sans suite. Qui aurait entamé une longue marche à travers la forêt pour aller voir une vieille carcasse de bois et de métal ? Personne !

Finalement, elle se révèle être le meilleur investissement jamais fait par la ville.

Papa m'a donné les dernières nouvelles, quand je suis rentré du lycée tout à l'heure. Ils ont déjà extrait 1 400 livres d'or de la drague. Chaque planche arrachée renfermait entre 10 et 20 livres d'or pur. Le cours de l'or étant actuellement en hausse, ça fait une somme considérable. Mon père ne quitte plus sa calculette, additionnant les chiffres au fur et à mesure.

— Tu te rends compte ? m'a-t-il dit hier. Il y en a déjà pour plus de 22 millions de dollars !

— Ça montera jusqu'à 30 millions, ai-je déclaré. J'ai étudié attentivement le schéma, tout n'a pas encore été sorti.

De l'or pour une valeur de 30 millions de dollars. Vous imaginez ça ? Et c'était là, au milieu des bois, attendant que quelqu'un le trouve.

Finalement, la drague ne finira pas trop tragiquement. On prévoit déjà de construire une route depuis Main Street, bordée de panneaux racontant l'incroyable découverte faite par Sarah et moi, fantôme et bruits inexplicables compris. La fuite d'Henry ne fait qu'ajouter du mystère à cette histoire locale et nous amènera encore plus de curieux. On parle de bâtir sur les terrains alentour et de faire de Skeleton Creek une station touristique consacrée à la pêche à la mouche, dont la drague et la rivière formeront le centre névralgique.

Mon père se voit déjà ouvrir une boutique de pêche, la ville ayant attribué à mes parents et à ceux de Sarah 5% de ce que la drague rapportera. De plus, Sarah et moi recevrons une somme qui nous permettra d'entrer dans la faculté de notre choix dès la fin du lycée. Nous cherchons actuellement une université réputée pour la qualité de son enseignement en littérature et en cinéma. J'imagine déjà les remous que notre arrivée suscitera sur le campus.

Chacun, à Skeleton Creek, nous croit capables de transformer cet endroit. Pour moi, cependant, cette nouvelle notoriété n'est pas ce que la drague m'a donné de plus important. Ce qui compte vraiment, c'est que j'ai retrouvé ma meilleure amie. Ils peuvent bien garder leur argent, du moment qu'ils nous laissent ensemble, Sarah et moi. C'est d'ailleurs ce qu'ils font. Ils n'ont plus aucune raison de tenir éloignés l'un de l'autre les sauveurs de Skeleton Creek.

On a beaucoup discuté, papa et moi, ces jours-ci. La boutique de pêche est un bon projet, un intérêt que nous pourrons partager. Et il sera là plus souvent, occupé à un travail qui lui plaît.

Il parle peu d'Henry. J'ai du mal à imaginer ce qu'on éprouve à être ainsi trahi par son meilleur ami, à découvrir qu'il vous a menti si longtemps. Papa n'est pas prêt à accorder de nouveau sa confiance à quelqu'un. Mais au moins, toute cette histoire a changé son attitude vis-à-vis de Sarah et moi.

Quant à nous deux, ça nous a beaucoup appris sur les dangers et les richesses de l'amitié.

Ce que j'apprécie le plus, dans l'écriture, c'est qu'elle est toujours à ma disposition quand j'en ai besoin. Au cours de ces dernières semaines, alors que je traversais la douleur, la solitude et la peur, l'écriture a été mon amie de remplacement. J'ai passé plus de temps à écrire ces quinze derniers jours que pendant l'année écoulée. L'écriture me réconfortait. L'écriture restera mon soutien.

Sans doute aurai-je moins de temps à y consacrer, maintenant. Sarah et moi allons être très occupés. Il y aura le travail scolaire. Je vais bientôt apprendre à conduire. Surtout, j'ai le pressentiment que Sarah va mettre un point d'honneur à découvrir où se cache Henry, et je ne pourrai pas la laisser faire ça toute seule.

Mais l'écriture sera toujours là, et elle me sera d'un grand secours pour mon retour dans la vie à plein temps.

Nous organisons un barbecue sous le porche, ce soir. Je vais donc fermer ce cahier et aller donner un coup de main à maman. Daryl Bonner, Gladys Morgan et des tas de voisins seront bientôt là. Sarah va venir, avec ses parents et sa nouvelle caméra. Papa s'occupera des grillades. Plus tard, quand les insectes commenceront à nous harceler et que le soleil disparaîtra derrière les montagnes, j'emmènerai Sarah à la rivière pour lui montrer comment on lance une ligne pour pêcher à la mouche. On poussera peut-être jusqu'à la drague ou on ira faire un tour à Longhorn pour récupérer l'échelle de son père, toujours cachée dans les hautes herbes.

Je pense souvent à ce rocher que nous avons peint en bleu quand nous étions enfants, et à la façon dont Sarah m'avait dit :

« On va le peindre. Parce que j'ai envie de le peindre. Tu n'en as pas envie, toi ? »

Sans Sarah, je ressemble beaucoup à la légende du vieux Joe Bush. Je reste seul, enfermé dans ma chambre, comme un fantôme, à inventer des histoires que je garde pour moi. C'est Sarah qui me prend par la main et qui m'entraîne au-dehors. Elle me regarde, avec toujours au fond des yeux la même question :

« J'ai envie de vivre. Tu n'en as pas envie, toi ? »

Si, j'en ai envie, Sarah.

J'en ai envie.

SKELETON CREEK

ÉQUIPE DE PRODUCTION :

Auteur du scénario
Patrick Carman

Directeur/responsable des effets visuels et audio
Jeffrey Townsend

Producteur/directeur artistique
Squire Broel

Directrice de la photographie
Sarah Koenigsberg

Maquilleuse/coiffeuse
Amy Vories

Coordinateur des cascades
Joseph Ivan Long

Accessoiriste
Dave Emigh

Second opérateur caméra
Amber Larsen

Assistant(e)s
Peter Means
Nick Brandenburg
Katherine Bairstow

Apparitions
Andrew Latta
Kevin Loomer
Joseph Ivan Long
Ben Boehm
Sarah Koenigsberg
Jeffrey Townsend

Musique/fond sonore
Portfolio Days

Acteurs
Sarah Fincher : Amber Larsen
Ryan McCray : Tom Rowley
Daryl Bonner : Jim Michaelson
Paul McCray : Brian Senter
Gladys Morgan : Pat Yenney
Le pasteur : Ron Davids
L'Apôtre : Eric Rohde
Le Dr Watts : Mark Raddatz

VOIX FRANÇAISES :

Directeur artistique
Raphaël Anciaux

Chef de projet
Julie Cahana

Acteurs
Sarah Fincher : Mélanie Dermont
Ryan McCray : Bruno Muelenaert
Daryl Bonner : Erwin Grunspan
Paul McCray : Franck Dacquin
Gladys Morgan : Nicole Shirer
Le pasteur : Jean-Paul Landresse
L'Apôtre : Michel Hinderyckx

DUBBING BROTHERS
THE POST-PRODUCTION CENTER

REMERCIEMENTS :

Miranda Miller et Rella Brown pour les parcs
de l'Oregon et la drague de Sumpter Valley,
Ashley et Brian Rudin, Russ Chandler, Connie
R. Webb, Markeeta Little Wolf, le pasteur Dave
Reed, George Davis et Bob Austin.

Cet ouvrage a été mis en pages
par DV Arts Graphiques à La Rochelle

Achevé d'imprimer chez Rotolito (Italie)
en mai 2011
pour le compte des Éditions Bayard

Imprimé en Italie
N° d'impression: